总是深情留不住，偏偏套路得人心。

在我失恋后

最难过

的

那段

时间里

CAO CHANGZHOU
WORKS

曹畅洲

作品

CTS
湖南文艺出版社
HUNAN LITERATURE AND ART PUBLISHING HOUSE

博集天卷
CS-BOOKY

图书在版编目（CIP）数据

在我失恋后最难过的那段时间里 / 曹畅洲著 .
—长沙：湖南文艺出版社，2016.3
ISBN 978-7-5404-7397-6

Ⅰ．①在… Ⅱ．①曹… Ⅲ．①短篇小说—小说集—中国—当代
Ⅳ．① I247.7

中国版本图书馆 CIP 数据核字（2015）第 294218 号

上架建议：畅销·文学

ZAI WO SHILIAN HOU ZUI NANGUO DE NADUAN SHIJIAN LI

在我失恋后最难过的那段时间里

作　　者：曹畅洲
出 版 人：刘清华
责任编辑：薛　健　刘诗哲
特约监制：毛闽峰　李　娜
策划编辑：范冰原
营销编辑：贾竹婷
封面摄影：Lilika & Coin
版式设计：李　洁
封面设计：八牛·设计 BNEW DESIGN
　　　　　banniu_zhu@163.com
出版发行：湖南文艺出版社
　　　　　（长沙市雨花区东二环一段 508 号　邮编：410014）
网　　址：www.hnwy.net
印　　刷：北京嘉业印刷厂
经　　销：新华书店
开　　本：880mm×1270mm　1/32
字　　数：176 千字
印　　张：9
版　　次：2016 年 3 月第 1 版
印　　次：2016 年 3 月第 1 次印刷
书　　号：ISBN 978-7-5404-7397-6
定　　价：36.80 元

质量监督电话：010-59096394
团购电话：010-59320018

目录
`Contents`

在 我 失 恋 后 最 难 过 的 那 段 时 间 里

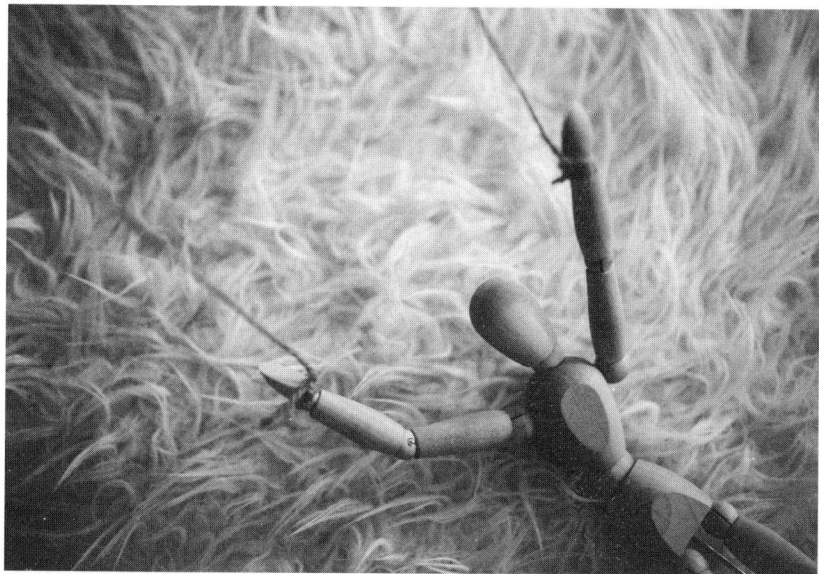

她们都说我是个花花公子，从来都不会真正爱上谁。我只是笑笑，不说话。

"你知道吗？据说在下雪的时候，人们都会把这个消息第一个告诉自己最想念的人。"

那里的人每天醒来，都会忘记曾经发生过的事，也忘记曾经产生过的情。那是一个没有忧愁，也没有欢乐的地方。有的，只是日复一日的安详。

我常常抱怨为什么导航上只能选择"最近路线"，却没有"最远路线"，因为我每一次和她在一起都觉得时间过得好快，好像只要车里有了她，时间就会开始加速似的。

于是它就这样，在孤独的大海里，绝望而痛苦的重复着错误的频率，然后在期待回音的过程中，独自老去。

唉哟活着就他妈图个青春无悔呀，哪知其实这是——青春无情呐！

他从未感受到如此的孤独，也从未感受到如此的自由。

告别的悲伤云朵从天花板上层层压下来。窗外的雨也如声势浩大的军队一样冲击着巨大的落地窗。我们之间的故事像是一座即将被摧毁的城池。

她说她要写一篇小说，小说的结尾我们一定在一起。

能牵过她的手，哪怕只有一次，我也觉得足够，足够让我回味一生。

生活的魅力，有时正来自于这一刻的放纵，就那么一刻，突破了道德社会所有的限定和规矩，画龙点睛一般，让冗长的生命不那么乏味。

"不要怕，还有我在！我会永远思念久美子小姐的哟！"在久美子最无助的时候，诸星总会在电话那头这样说道。

在这场爱恋里我已经是一个失败者，那就不妨让我失败的更彻底些——让我将所有的爱意统统告诉你，不为了任何回报，只为让你知道，爱你才是我生命的全部意义。永别了，我至爱的人。

我不知道这爱的勇气能为我带来什么，但我确实为拥有这暂时的勇气而感到片刻的幸福。

"在你面前，我愿成为一只蜗牛，慢慢的，慢慢的，用一生的时间，走向你。"

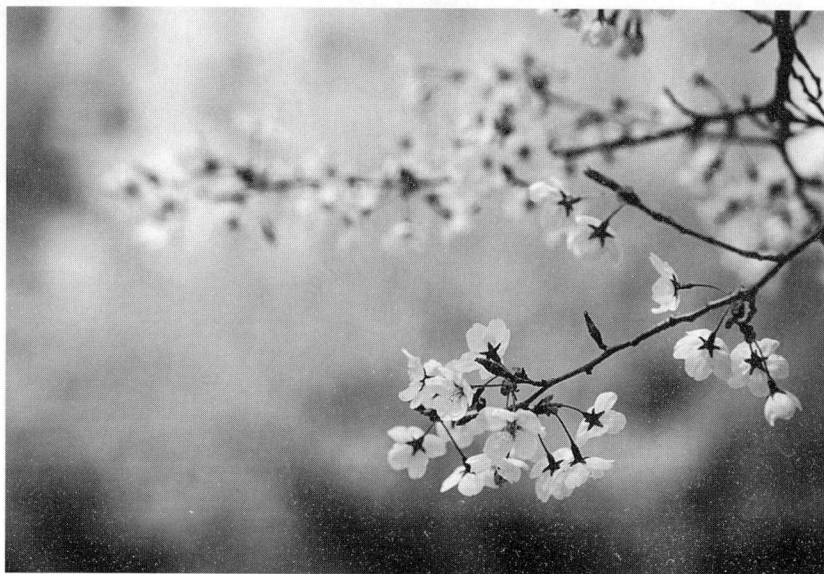

我是一名剑客，目前排名天下第一。人们叫我酒剑仙。

—— 决定把写小说当作生命中一件正儿八经的事，也就是三四年前的事情。这其中自然有许多原因，其中最重要的一条（之一），是因为小说是一个能够让我完美记录生命轨迹的方式。

—— 大概是由于我的自我意识真的太强了些，从小到大在我身上发生的每一件事我都舍不得忘记，恨不得有一架伴随终声的摄像机24小时记录下我生活中的一切，随时都能拿来翻看。然而我的自我意识又会导致完全矛盾的另一种表现，那就是使我产生极强的隐私保护欲。于是我就从来没有写过日记，因为总是感觉日记这玩意儿不安全，随时都可能被偷看。后来想到一个主意，就是将自己的经历意象化，写进现代诗里，这样别人看到的只是诗，而自己却清楚地知道每个荒诞意象背后所代表的具体事件，如此一来，整个高中阶段我写了近300首诗歌，并为这完美的方法感到沾沾自喜。

—— 直到大学里的某一天回顾那些诗歌的时候，我发现自己早已记不起那些奇奇怪怪的意象究竟代表着些什么了。

—— 看来这个方法也不甚完美啊。

—— 我不禁失落地想到。

—— 寻找完美记录方式的旅程看来还得继续。

—— 在一次失恋后，心痛难忍，偶然间听说忘记一个人最好的方式，是把她写进小说里。一时间忽然想到，这岂非正是我苦苦追寻的答案？无论我把怎样的故事放进小说里，我总可以对外宣称这剧情是虚构的，而我自己则清楚其中各部分的真实性，从而巧妙地把树藏进了森林里。不仅小说的内容与真实有关，看着那些文字，自己也可以回忆起创作时的环境和情绪，从各种维度上保存下了我最重要的那些往事。

—— 于是，在每一次自己经历情感波动的时候，我都会把它变成如今你们看到的这些文字。也就是说只有当我自己处在一段感情中的时候，我才能够写出爱情类的小说。若我适逢感情空窗期，连个鸡汤段子都编不出。

—— 所以你们看到的人物和剧情可能是虚构的，然而那些幸福和悲伤，却都是真实的。不知不觉我已经习惯了在小说的掩护下尽情释放私人情绪的感觉。

—— 从这一点上来说，我或许还不具备一个专业写作者的职业素养——我必须依靠情绪的起伏来推动写作，而无法按照要求写命题作文。这也是为什么我写作三四年来，才刚刚凑出这样一本爱情题材的书——感情的波动在生活里毕竟只是少数。

—— 然而也正是由于这个原因，这本书可能比你想象中的更与众不同。因为书里的每一个字都浸染着作者当时最真实的泪水。虽然我总是觉得一个成年男性不应该谈论太多的爱情，尤其还都是些伤春悲秋的脆弱伤口，然而我想真正优秀的文字其实与题材并无关系，只要是真诚的文字，就总有阅读的价值。

—— 更何况我认为我的文字不是只有真诚而已。并不是说它们真的十全十美、无懈可击，但是我相信它不会使任何一个读者在读完后大呼后悔。

—— 关于失恋。

—— 我现在是渐渐感受到了，那个为了爱情奋不顾身的自己可能正在逐渐消失。我依然觉得爱情是我生命中很重要的东西，然而它为我带来的激情相比从前，似乎有了些不同。我听说听摇滚的人最后都会爱上爵士，我想可能也是类似的道理吧。这世界上所有事情的边际效益都是递减的，爱情也是如此。在你最一无所知的时候，它给你带来的感受最震撼，时间越久、经历越多，你在爱情中获得的激情就越少，最后的归宿，无非是平淡，然后在这平淡里，手动挖出一些惊喜和有趣来，以此度日。如若换个爱人，换个爱的方式，或许仍然会有激情，然而那激情与当初相比，也早已不是那么的纯粹了。

—— 爱情在生活中的地位，可能迟早都会被事业、家庭取代，会被孩子取代、会被养老取代、会被追名逐利取代、会被所有你一直认为"不浪漫"和"世俗"的琐碎事物取代。

—— 可能这才是生活的本质，我们曾经以为的生活，不过是青春期的幻想而已。虽然不好说这究竟是件好事还是坏事，然而我们可以肯定的一点是，那些仍能为失恋本身而彻夜痛哭的日子，总是越来越少，并且一去不会复返。如果你正在经历这一阶段，请务必珍惜。如果你已步入下一人生旅程，那么也请偶尔怀念一下那样的日子。

—— 怀念你失恋后最难过的那段时间里的自己。

—— 那或许是最真实的你自己。至少对我来说，我爱那样的自己。

—— 我也爱现在的自己，但这是不同的爱法。

—— 最后，感谢那些曾在我生命中出现过的女人。无论曾经是谁伤害了谁，无论我们的相伴是短暂还是长久，你们都是我生命中不可或缺的组成部分，没有你们，我便不是今天这个我爱的样子。这本书是属于你们的。

—— 而这些人里，我最想你。

—— 祝你幸福。

二〇一五年七月二十六日

在我**失恋**后

最难过的

那段**时间**里

在　　我　　　失　　　恋　　　后
最　　难　过　的　那　段　时　间　里

在我失恋后最难过的那段时间里，我一直在做这样一件事：

我独自跑到各个师范大学的校园里，对着路上过往的女生看，但凡看到稍微顺眼点的，我就冲上去，直截了当地告诉她，很想认识她，能不能和我交换一下手机号码。我长得并不帅，看上去也不是特别有钱，但是我可以很负责任地告诉你，只要你眼神不是很猥琐，言行举止大方一些，一半以上的女生真的会给你电话。然后我就约这些女孩出来唱歌，顺便叫上我的几个哥们，大约凑齐三男三女（经我多次测试，陌生男女在这个规模最容易玩得开），在一个包厢里喝酒、唱歌、玩骰子，等到夜深过半，大家都热络了，就开始玩国王游戏和真心话大冒险。这些游戏的尺度自然不会小到哪儿去，但我和我的哥们都是正经人，所以不会做什么出格的事。每每到这个时候，每对男女几乎都以排列组合的方式有过了肌肤之亲，我们就开始坦诚相见。我们谈论过去的爱情，谈论将逝的理想，谈论生死，谈论性和人性，所有我们清醒时不可能讲的话，在这个时候全都倾囊而出。我从来不敢告诉我的父母，我将来想做一个小说家，但是我在某一次这样的聚会中告诉了这些酒肉朋友，你不能想象这是何等的满足和释怀。而他们也一样，将他们自己藏得最深的秘密告诉大家，然后哭的哭，笑的笑，直到凌晨时分，大家坐上头一班地铁，该回家的回家，该上学的上学。过了个把礼拜，换一批人（也可能不换，完全取决于谁当时有空），再来一次。

大概这样的生活就叫作纸醉金迷，灯红酒绿？我不知道。我只知道，在我失恋之前，我完全不是这个样子的。改变了我的人叫作F，她是我的女神，她是个bitch（婊子）。

后半句话不是我说的，是她自己说的。我追她的时候她告诉我，她是个bitch，她说她曾经挖了好几次墙脚，每次都是等到真的把男的骗到手了，反而没兴趣了，就把人家甩了。

我想了想，说，没关系，我也没好到哪里去，我女朋友跟我吵架的时候，我总是去夜店找人一夜情，有时候把人家挑逗得面红耳赤，跑到灯光底下一看，我擦，原来是个妖怪，也不顾人家衣服都脱了，就把人家扔那儿自己跑了。

她扑哧一声笑了出来，说，真的吗？那她一定恨死你了。

我说，当然真的。恨我有什么用，她连我叫什么都不知道。

她说，看不出来嘛，喂，那我问你，你上过几个女人？

我一面掰手指，一面装作在回想，然后说，所有的，还是就女朋友？

她说，所有的，所有的，快说。

我说，嗯……那得好好想想……记不得了，女朋友有三个，所有的嘛……一个中学老师、一个高中生、一个XX大学的、一个YY大学的，还有一个脱衣舞娘，加上那三个，那就总共八个吧！

她说，那么厉害，还有脱衣舞娘。

我说，是啊，可惜脸太难看，只上了一次，但她一直找我，我一次都没再睬过她。

我心里暗自佩服自己，真他妈会编。

我接着问她，你呢？你和几个男人上过床？

她说，四个，都是我男朋友。

我×，这么多。我心想，还真是bitch啊。

然后我就成了她的第五个男朋友，哦不，第六个，她的初恋男友并没有和她上床。

发生以上这段对话的时候我们是大四。她正忙着申请国外的学校，而我正忙着找工作。如果我早一年认识她，我也会选择出国，但是命运就是这样。我问她那我们以后怎么办？她轻描淡写地说："就异国恋呗，你不相信我啊？"

"不不不，相信。"我说。

那段时间虽然忙，找工作的过程中也遇到了重重艰难，却是我大学四年里最快乐幸福的日子。我们每天晚上都会出去散步，我骑着一辆从中学骑到现在的老破旧自行车，从我的寝室楼噌噌噌骑到她的寝室楼下，然后在微信上发一个可爱的表情给她，在她楼下停了车，不过几分钟，她就会下楼来，我们手牵着手，绕着学校走上大半圈。很多人说我们学校大得无法想象，但我到那时候才发现，其实我们学校很小很小，走着走着就绕完了一圈又一圈。我们聊所有话题，就像后来我每次和陌生的女生们去唱歌时那样，几乎没有任何底线，但也正是因为如此，我从未对一个人如此坦诚过（虽然为了配合她的 level[①]，我杜撰了不少自己的经历），也从未对一个人如此依赖过。

我问她："你为什么喜欢自称 bitch 啊？"

她说："因为我本来就是嘛，而且这样才真实，做个好人多没意思，多憋屈。"

我问："那要是你的恋人也这样，你放心吗？"

她说："就是这样，我才放心呢。我总觉得一个男生经历得越多越可靠。其实花花公子最靠谱。那些所谓的纯情男不是因为心地善良，而是因为太穷矮挫，没机会经历别的，一旦以后有了机会，反而会更容易把持不住。再说我自己也那么花心，对方要是经验值差我太多，怎么在一起？"

我从那时暗下决心，为了配上她，我一定要努力增加经验值。

我问："那你现在还花心吗？"

她说："当然咯。"

我问："所以除了我以外你还有小三小四？"

她对着我笑笑说："你希望的话我随时可以呀。"

但是我确信她没有，她说的一切我都相信。因为我不知道她的哪句话是真哪句话是假，所以索性全部都相信，我若

---

① 级别。

爱一个人，必然会如此，更何况是她。那段时间里，她连夜店、酒吧都没有去过。她对我说她想做个好女孩，安安定定地谈一场有结果的恋爱，我原本以为这是对我说的，后来事实证明确实是对我说的，只不过我理解反了。说完这句话，她就渐渐对我冷淡，晚上也以天冷和繁忙为由不再出来散步，说话的语气和态度和之前判若两人。直到我开始逼问她发生了什么，她才告诉我说她想分手，而这距离我们确定关系才一个月都不到。

至于她为什么想分手，其实和我无关，而是和她前男友有关。准确地说，是前前前前男友，也就是那个唯一没和她上过床的初恋男友。他们从高中就开始谈，直到上了大学，男的去了加拿大留学，女的留在国内，开始了漫长而痛苦的异国恋旅程，其间分分合合多次，直到现在都没有彻底干净。从她现在仍在申请加拿大学校的状况来看，她仍然对这段感情抱有希望，我想这也是她每次谈了新的男友都会很快丧失兴趣并把人家甩掉的原因所在。其实尽管有那么多男友，她实际上只谈了这一次恋爱，多么讽刺，就是这个仅有的没有和她上过床的男生，让她牵肠挂肚，日思夜想，甚至不惜更改自己的人生轨迹，准备远赴国外，只为让这场恋爱"有结果"。而这个为别人牵肠挂肚的女生，如今又使另一个男人为她陷入深渊。如果让我用一个词来总结这样的人生的话，我觉得没有比"螳螂捕蝉，黄雀在后"更合适的了。而我，就是那只渴望变得有点不一样的蝉。

"那么我呢？"

我这么问她。

"你跟他们不一样。"

"哪里不一样？"

"我不舍得你。"

你看，她又说了这样暧昧不清的话，叫我该不该相信呢？我当然相信。可是就算是真的又怎么样呢？再舍不得，她还是要和我分手。这么大的人了，我知道强扭的瓜不甜，所以哪怕再喜欢，也不会再去做任何挽留。

这是她第一次离开我。我们互相杳无音信地过了一个多礼拜，正当我开始准备将她遗忘时，她发微信给我，说要我带她去学校新开的一家餐馆吃晚饭。我二话不说，马上骑上那辆转起来咯吱咯吱响的自行车，特地在后座上新配了坐垫，载上她向那家餐馆奔驰而去。

路上她说："我冷。"

我说："想抱我就直接抱嘛。"

她笑着从后面抱住我的腰，抱得很紧很紧。

"这车怎么这么响？"她问。

"因为你太胖了啊。"我说。

她在我肚子上狠狠地扭了一下，我龙头一歪，说："你小心哦，要摔下去了。"

"你敢让我摔下去吗？"她质问。

"不敢，不敢。"我回头看着她，笑道。

那家新的餐馆不是一般的难吃，我们没动几口两张嘴就只顾着说话了。像没有发生任何事一样，天南地北地聊。我们比试谁曾在最疯狂的地方做过爱，她说她是在公共厕所，而我是在KTV包厢里，她很难过地说她输了，我说我因为做毕业设计所以有一间实验室，我们可以挑没人的时候一起去那里，这样我们就扯平了。

她说："你敢不敢？"

我说："有什么不敢，吃好饭我们就去。"

她笑着说："今天不行，你懂的。"

我说："切，装。"

她说："既然你敢，那就是迟早的事，不要急。"

我心想：真是bitch啊。

"我决定不出国了。"她说。

就是这么突然的，她说了这么一句话，让我猝不及防。

"他有新的女朋友了。"她说。

"所以你每次都这样吗？他有了女朋友你再去找别人，他分手了你再去找他，你不觉得这样很卑微吗？"我对F说道，但觉得这仿佛是在说我自己。

"所以，我这次决定不出国了，我要留在国内，再也不留任何希望，我要重新开始。"F说。

我看着她，心里升起了全部对生活的希望。

接下来的日子，我帮她一起做简历，一起投简历，看面试，做准备。我们比较哪些公司离得更近，哪些公司又对我们各自更为适合，一起携手参加了一个又一个招聘会和宣讲会，探索着未来的所有可能性。我生命里从来没有过如此光辉的时刻，我觉得爱情如果不和未来结合起来，简直就太枯燥了。

她看上去也和我一样快乐。对未来充满希望，面试的时候积极自信，我们就像夫妻老婆店一样，群面的时候四目相对，充分运用一起总结的经验，思路清晰、配合利落，这种默契真是让人从心底开出了花。当我们终于拿到了同一家大型国企的offer时，她高兴得跳了起来，欢快地叫道终于可以和我在一起了。这句话让我兴奋了半天。她不是没有对我说过情话，但是这一句特别随意，所以也就特别真。照常理，我应该为之兴奋更久，但是之所以没有，是因为仅仅过了半天，一个改变我们一生轨迹的消息传来：她之前申请的学校也寄来了offer。短暂的忘却过后，现实又提醒了她那个初恋男友的存在。在他们的故事中间，我始终像一个旁观者，像那只聒噪无用的蝉，过了夏天就得死去。

"我给你一晚的时间考虑，明天早上你告诉我答案吧。"我对她说。

"嗯。"她说。

我尽量不去做任何劝说和引导，静静地让她一个人在晚上权衡。不知道为什么，在这种事情上，我更愿意相信天命。我不知道她在那天晚上做了怎样的挣扎和反复，甚至流了多少眼泪；也或许什么纠结都没有，更别提眼泪，轻而易举地就做出了自己的选择。但不管是哪一种情况，结局都是一样的：第二天早上，她对我说，她准备出国。

"那我们就分手了？"我说。

"嗯。"她说。

"还会再联系吗？"

"如果你需要再也不联系，我可以做到。"

"不需要呢？"

"那我们就还是朋友。"

她每句话的语气都冷冰冰的，冷酷得像是我的敌人。说来也对，她不就是我的天敌吗，螳螂小姐。

我叹了口气，对她说道："那还有最后一件事。"

"什么？"

"你得和我去实验室。"

"可以，但那样的话，我们就做不成朋友了。"

"没关系，反正都一样。"

这就是一个绝望的男人会对心爱的女人说出来的话。

那天晚上，我带她去了实验室。说是实验室，其实只有几台电脑而已，我的毕业设计无非就是在这些电脑上用专业软件做一些燃烧过程的模拟，电脑二十四小时都开着运算。我们进去以后，锁上了门，我靠着电脑桌，抱着她，我们像相爱时那样互相亲吻，我当时觉得这可能是我这辈子最后一次吻她了，心里不禁感到难过。尽管事实上并不是，但那真正的最后一次，我宁愿不要有。

"开始？"我问。

"嗯……去把灯关了。"她说。

我走到门口，关上了灯，发现电脑屏幕亮得分外显眼。我点了"开始",却发现这台老古董电脑居然没有睡眠或是休眠状态的选项(由此可见高校的科研投入是多么微薄),外面走廊上又时不时地传来加班加点的师生们走动的声音,事实上我也不清楚我的学长们今晚会不会来,他们自己的论文进程我也不明白,可能随时都会有人破门而入,而现在我居然还在这小小的显示器上拖延时间,这让我焦急万分。F却还在旁边冷嘲热讽地说:"哦?关不掉就不开始哦。"

我回头对着她笑笑,说:"你知道男人什么时候智商最高吗?"

她笑着看着我,说:"你说。"

我找到显示器的开关按钮,"啪"地一下关了。整个房间黑漆漆的。

"这个时候。"我说。

我转过身去,搂着她的腰,借助外面的一点点月光,看着她美丽的脸,她直勾勾地看着我笑,搂住我的脖子,开始吻我。我脱下她的卫衣外套,再脱下她白色的印花T恤,露出了她黑色精致的胸罩和洁白细小的腰,我看着她,想到以后再也不能见她,想起我们一起度过的日子,幸福又慌张,忽然感到手足无措。在那一刻我突然明白,我不能没有她。我对她说:"我反悔了。"

"不要了吗?"她说。

"嗯。"我说,"你别出国好不好?"

她说:"不行。"说着穿上了衣服。

"你决定了吗?真的不要?"她又问了我一遍。

"不要，走吧。"我把显示器打开，把一切都还原，牵着她的手，离开了实验室。

这就是一个绝望的男人会对心爱的女人做出来的事。

"我们还是朋友，对吗？"路上我问她。

"嗯，以后可以一起出来玩。"

然后我们又绕着学校走了好久，像没有分手那样，直到回到她寝室，目送她上楼。看上去她似乎也有些依依不舍，但我不知道是不是我想多了。我唯一知道的是，她第二次离开了我。

从那以后很长一段时间，我就再也没和她联系过，而是投身于本文第一段所述的搭讪唱歌活动中。我想，要配得上她，首先我得跟上她的level，打怪练级，提高经验值，直到把之前在她面前吹过的所有牛×都变成现实。如果说每一段感情都可以给人带来一点积极东西的话，这就是她所带给我的。我因此把我的qq签名改成"the bitch makes me rich"，并保留到了现在。当然，我不是吃素的男人，所以其间有很多类似于实验室的事情，我都没有傻乎乎地中途就帮人家穿上衣服，还声称要和人家做朋友，我没有那么傻，我只有在一个人面前才会这么傻，这辈子只有这一个。或许这样看上去很潇洒，但是只要你有过类似的经历你就会知道，每次在逍遥过后都想起同一个带给过你巨大幸福和巨大痛苦的女人，是多么的苦涩。思念成疾的我终于在某一次活动之后决定，把F也带过来，只是为了再见她一面。而她也欣然答应。

我说："我们玩的尺度很大的哦。"

她说："我就喜欢大的。"

我说："你确定？那到时候可不要尿啊。"

她说："我什么时候尿过，一直都是你不敢好吗？"

那次活动一如既往地疯狂、尽兴。除我以外，男的还有两个我高中起就很要好的兄弟，而女的除了F以外，还有两个一直参加活动的老朋友。这三个女的里面，F是外形最出挑的，整场活动几乎所有的敬酒都是对着她，而她也都有各种方法化解。起初我并不以为意，但酒过三巡，即将开始国王游戏的时候，我才感到一切将变得失去控制。我的那些兄弟并不知道我和F的关系，所以他们一个个都要求和F进行激吻，而出于游戏规则，这自然是允许的。F这时就露出了她最bitch的一面，她几乎没有任何推托，就照着游戏规则开始亲吻。看着她和我最好的兄弟们这样缠绵，我只觉得心痛难忍，一阵眩晕，只见F闭上眼，将手捧住对方的脸，看上去深情而投入。我眼睁睁地看着她，心中万念俱灰。她和我接吻的时候也是这样的吗？都是可以演出来的吗？她知不知道我就在她的旁边目睹这一切？我在沙发上看着这一切强行发生，却丝毫不能改变什么，我这时才深刻地察觉到，我带她来这里真是一个巨大的错误！我再也无法忍受这样的画面，赶紧逃了出去装作上厕所，用冷水把脸冲了一遍又一遍，好像这样就可以让一切都停止。

回来的时候他们刚接吻完毕，我的兄弟得意忘形，为吃到了这样一块大豆腐而觉得得意非常，而F接吻完后，立即喝了一口酒，说，漱口。也算是对我仅有的些许安慰了。

自然，公平起见，轮到我了。我将刚才全部的痛苦都倾泻到她的嘴唇上，我咬破了她的嘴唇，然后流下了眼泪。我不知道我上辈子欠了她什么，让我为她受如此折磨，但是对于我们这样的人，是不是非得痛苦一痛苦，才能确认这就是爱？我知道我在她的生命里根本不算什么，所以，我什么都不能留下，但我至少得留下一道伤痕，让她记得曾有一个男人爱她爱到将她的嘴唇咬破。而在我们接吻后，她没有漱口。我想我理应为此感到欣慰，可是我一点都高兴不起来。兄弟们过来和我起哄喝酒，我憋出了此生最艰难的一个笑。

后来我们开始了真心话。他们问道："上一次流泪是什么时候？"F想了好久，说："记不起来了，很久以前了吧，我不太喜欢流泪。"

"你呢？"他们问我。

"上一次和女朋友分手的时候。"

"上一次什么时候？"

"就刚才。"

半夜凌晨，活动结束。他们都住在附近，各自回去了，剩下我和她，她要我送她回家。我们牵着手，并排走。我回想着刚才的场面，心有余悸，低头看她。而她在一边饶有余兴地和我说了好多话。她把我的这些兄弟分别评论了一番，又把我们没有联系的这几天里她去过的地方描述了一遍，还把她将要去的学校介绍了一通。灯光闪烁，车辆稀少，不一会儿就到了她家楼下。和上次一样，最重要的话她总是说得最突然，最毫无征兆。她说，她后天就要坐飞机离开这里了。我听了差点又流出泪来，但这次我忍住了，最后一面，我不能在她面前哭，我想。我虽然知道这一天终会来到，但没想到这么快，这么措手不及。

"你怎么不说话啦？"她看了看我，问道。

"没什么……你一个人在那边要小心。"我说。

"知道啦。"她说。

我很想问她究竟有没有爱过我，但我觉得实在问不出口。我和她的最后一面，就像我不能在她面前哭一样，我也不能说矫情的话，这是我的尊严，尽管是最卑微的尊严。我要在她面前坚强得像个铁人，因为我知道，她喜欢这样子的我。

我说："那你上去吧，我走了。"说罢准备转身。

她扑上来抱住了我，就像那次在我自行车后座上一样，抱得很紧很紧，像要把我勒死似的，然后将头伏在我的胸口。我抱住她的背，感受到她哭泣的抽搐。我想，如果说在和她的感情里我曾有过一丝胜利的话，大概就是现在，她哭了，而我没有。我知道这个故事在别人听来，无非就是一个备胎的辛酸往事，但正是由于这一晚的眼泪，我想，一切都和别的故事不一样。从今以后我知道，不是每个bitch都是bitch，也不是每个女神都是女神。我们都是螳螂，各自有注定的黄雀和蝉。

随后她缓缓地走上了楼。这是她第三次离开我，而至今为止，我们不曾再见过面。

后来我又继续办起了活动，兄弟们问我，F还来不来。

我说，你们这群禽兽，她被你们吓得逃到外国去啦！

他们一哄而散，各自去找包厢里的女生玩骰子去了。我也不停地穿梭在这些酒杯光影和温香软玉中，越发自如，张弛有度。她们都说我是个花花公子，从来都不会真正爱上谁。我只是笑笑，不说话。

雪爱

在 我 失 恋 后
最 难 过 的 那 段 时 间 里

“**你**知道吗？据说在下雪的时候，人们都会把这个消息第一个告诉自己最想念的人。”婉儿沿着火车站台，一面走，一面对我说道。

“那你会告诉我吗？”我问。

她看了看我，又扭过头去，说："看情况喽。"

我笑着说："什么情况？"

“如果雪下得很大很大呢，我就告诉你。不然的话——”她说，"我就藏在心里。"

“那——如果像现在这样呢？”我抬起头看着翩翩飞落的雪花说道。

“现在这样嘛……”她眼睛打了个转，"我即使不说，你也知道呀。"

于是我们便站在站台边，第一次接了吻。当火车朝着北方缓缓驶去的时候，我坐在车里，透过窗看见穿着红色棉衣的她，慢慢地流下了眼泪。

“你走之后，雪一连下了三天。”婉儿在信里写道，"没有课的时候，我就待在寝室里，哪里也不去。幸好之前买了许多饼干，足不出户也可以解决一些温饱。我看着外面大雪纷飞的样子，心想着你那边是否也是同样的景色。今天雪终于停了，太阳温暖地爬了出来。我写完信就打算出去运动运动，我的室友也喜欢打羽毛球，这让我十分惊喜。她已经在催我了。告诉我你那边学校的事吧，我在这里静候着。一个人要注意安全和保暖！再会。——婉儿。"

婉儿喜欢亲笔写信。她说从一个人的字迹里，可以看出情感和温度。为了配合她的这个小习惯，我也买了一沓信纸，跟她进行书信往来。我每次都会把要写的内容在电脑上打一遍，反复斟酌后定了稿，才小心翼翼地将其抄到信纸上。因此，我的信里几乎没有涂改，尽管字并不漂亮，却也显得整洁干净。

"这里每天都下雪，据当地的同学说，这雪要一直下到六月份，过了两个月后又开始陆陆续续地下，他们都开玩笑说，雪也需要放暑假呢。这里的人都很好，学校也很大。室友是个热衷说话的人，对他来说，好像闭嘴比开口需要更多的力气。不过他讲的故事很有趣，他自己也是个很好玩的人。总之，一切都很棒。你也多保重。再会。"

我们的信件来往大约一周一封，等到放寒假时，已积攒了厚厚一沓。我将它们全部带了回去，在火车上一封一封地回顾。几个月没见，我们都格外想念对方。那年冬天上海没有下雪，为此她多少有些扫兴。

"明年冬天，一定会下雪的。"我说。

"你确定吗？"她说。

"嗯，十分确定。"

"为什么这么确定呀？"

"因为……"我说，"它会听见我们现在的对话。"

说完我和她相视一笑，她的眸子闪烁着明亮的光芒。

第二年的冬天果真下雪了，但是那场景却和想象中有些不一样。当上海的第一片雪花落下时，我们已经分手三个月了。那是一场很大的雪，当我在复习准备期末考试的时候，社交网站上铺天盖地更新着朋友们关于下雪的状态，而我与她已经断绝了所有联系。我知道她在此刻一定会想起我，想起我们在雪中告别的时光，但是我们谁都没有再对对方说一句话。

"因为我们太相爱了，"她曾在信里说，"所以才会在这遥远的爱情中被打败。"

我读着这封信，双手不住地颤抖，仿佛能够透过字，看到她哭诉的样子。"对不起，我并不是不爱你了，只是真的到了必须要分开的时候。或许将来的某一天我们又会在一起，但是现在，对不起，我不能忍受没有你在身边的日子，我放弃等待了。对不起。"

我几乎没有做太多的挽留，因为连我自己都不忍心让她继续因这爱而受折磨。如果她离开我能过得更快乐，那我心甘情愿为此做出牺牲。其实那一刻我确实有一种强烈的预感，几年以后，我们真的会重新在一起。没有什么原因，就是一种原始的本能，就像动物能预知地震似的。

我将她寄来的所有信件都锁在一个小箱子里，每次回家、去学校，都不厌其烦地带着，摆在桌角，在月亮很暖的时候打开，点上一支烟，随意抽几封静静地重读。在分手后一年的时间里，我们没有任何联系，就像鱼和鸟一样，各自生活，但我依然每周都会去邮局查看她有没有寄信来。那一年里，我换过三个女朋友，她们都待我很好，也都十分善良，各自有与众不同的魅力，然而我总是在相处一两个月之后就不再热情，就像一支烟燃到了尽头。

在婉儿之后我谈的第四个女朋友，叫琴儿。她是个和我一样，容易对另一半丧失兴趣的人。然而我们在一起已经超过了三个月，因为我们谁都不知道对方会在什么时候突然离开自己，所以谁都充满着危机感，而危险与热情总是成对出现。

我们在校外租了间房子。搬东西的时候，琴儿发现了我的小箱子。

"这是什么呀？"她一边问，一边伸手想要打开箱子。

我立刻按住箱子，说："秘密。"

"这么神秘？潘多拉的魔盒哦？"她说，"拿来让我看看嘛，反正上着锁我又打不开。"

她端详了好一会儿，上下摇了摇箱子，听着里面"沙沙"的声音，喃喃自语道："哦？这个声音……嗯……"

她坏笑着看着我说："不会是女孩子的内裤吧？你还有这个爱好哦！"

"你别开玩笑了。"我笑着说。

"那么是……现钞？"

"也不是。"

"那是什么？哎呀，实在是想不出来……"她抓耳挠腮了一阵，突然说，"哦！女孩子的情书！"

说着又摇了几下箱子："有这么多哦！你挺受欢迎的嘛！"

"好啦，快帮我一道整理房间吧，别磨磨蹭蹭啦。"我说。

整理完房间，我便出门买些食材，打算回去做饭吃。前一天下了一整天的大雪，第二天天气却又好得出奇。雪后初霁的路上到处都是融化了一半的残雪。我回来的时候路过学校大门，顺便就去邮局看看有没有我的信件——尽管我搬出了寝室，邮箱却并没有因此撤销。这一次，我收到了一封信，来自婉儿。

我走到最近的车站里，把装着食物的袋子放在地上，坐了下来，迫不及待地拆开了信。

信里只有一句话：

"好久不见，不知最近如何？——婉儿"

我拿着信、拎着食物回到出租房里。琴儿看到我手中有一封信，显得特别惊讶。

"是给我的情书吗？你真浪漫啊！"她伸手要来拿。

我将手一抬，说："你不是想要知道那个箱子里是什么吗？你答应我个条件，我就告诉你。"

她不怀好意地看着我手中的信，说："这么紧张……所以就是情书咯？"

"你先答应我，我再告诉你。"我说。

"你先说什么条件嘛。"她说。

"不行,你得先答应了,我才能告诉你是什么条件。"

"怎么还有这样子的呀!你这个人好奇怪啊!"她说,"好啦好啦,我答应你,什么条件都答应你。你说!"

"原来你这么想知道哦?"

"不许再卖关子!"她几乎要将我的信夺过去。

我放下食物,和她坐在桌边,告诉了她婉儿的事。

"所以,那箱子里面这么多,都是她给你写的信?"琴儿问。

"嗯,"我说,"一封不差。"

"那这个呢?"她指着我手中拿着的这封。

"这是她在我们分手一年多以来寄给我的第一封信。"我说。

"哇哦,让我看看!"

"不行!"我说,"你说过要答应我一个条件的。"

"什么条件你又不说。"

"这么多信里,你只能看其中一封。"我说,"你自己挑,我去把箱子拿过来。"

"不用啦!"她说,"就这封吧!"

"那别的信一个字都不许看哦!"我说,"连信封都不能看。"

"知道啦,我又没有钥匙。"边说她边打开了桌上的信封,然后我就看到她一脸受骗的表情,叫道,"就这两句啊!"

"嗯，就这两句。"我说。

她看我一脸严肃，便也不再开玩笑，说："喂，你不觉得这很明显吗？"

"明显什么？"我说。

"明显她想你了。"

第二天我便回了信。信里大致讲了我学校里的近况，但是有关琴儿和其他女友的事都只字未提。没想到在一周以后，她在回信里却说到了她新的男友。那是一个各方面都特别优秀的男生，他们在一起也有半年之多。尽管相处得很愉快，然而总还是有各式各样的矛盾，她左思右想，还是觉得这些话题找我交流最为妥当。

"他是个很好的人，"她在信里说，"我希望能够和他好好在一起，不要再无疾而终。因此，我希望你能告诉我一些男生们的想法，以帮助我更好地了解感情这东西。我想这或许会让你感到为难，如果是的话，请一定要告诉我，我将再也不会对你提及此事，请原谅我的轻率。谢谢。"

看到她比我更快地进入了一段新的稳定的恋情，我感到欣慰。我很快便回了封信给她，告诉她我为她感到高兴，并且真诚地说出我对他们之间矛盾的看法。我依然字斟句酌地将所有要写的内容都打在电脑中，再仔细地誊写到信纸上。琴儿看到我这副模样，惊讶地说："我从没见过你这么认真的样子。"

我和婉儿就这样再次恢复了联系。我们将彼此称为"信友"，只在信中交流彼此内心的想法，哪怕我在假期里回了上海，我们也不会再相约见面，但在信里，我们几乎无话不谈。有时她会说些情感上的事，有时也说些别的八卦。我也将琴儿等人的事告诉她，她觉得很好奇，嚷着要看琴儿的照片。由于各自都有了伴，并且生活也忙碌起来，我们不再固定一周寄一封信，而是抽空的时候才寄，时而几天，时而几周。对我来说，那就像个不定期的礼物。有时琴儿会吵着要看，但我告诉她不许，因为她答应过我只能看一封信，而她已经看过了。她说我要赖皮，说我没说未来的信也包括在内。但她始终争不过我，只能时不时地瞄两眼，我觉得她那模样十分好笑。

"琴儿，你告诉我，你会不会吃醋？"我问琴儿。

"吃什么醋？"她说。

"就是……看见我和婉儿这样写信。"

"不会啊，要是我这么容易吃醋，我早就被咸死啦！"她说。

"是酸死才对吧？"

"就你了解醋！"她调皮地说，过了几秒又补了句，"再说，我又不喜欢你。"

我在信里问婉儿，她的男友知不知道我们写信的事。她说不知道。

这样的状态维系了很长一段时间，我看着窗外纷飞的大雪，在房间里和婉儿互通信件。尽管我们聊着所有身边发生的事，畅谈着自己内心的想法和困扰，却从不表达自己对对方的任何心意，仿佛那是一种禁忌。有时琴儿会陪我一起去邮局取信，然后顺便再偷瞄两眼，哪怕是信封上看见个婉儿的签名也好。她说婉儿的字很清秀，夸她一定是个好女孩。我笑着说那当然。

婉儿和她男友不咸不淡的关系几乎没有任何进展，我屡次想到倘若他们分手了，再没多久我就能毕业回上海，到那时，我们又能重新在一起。然而他们却始终没有朝我预想的方向那样发展。那时刻撩动我心的幻想也一次又一次地破灭。她在信中写道：

"我总是觉得我和他之间缺了些什么，这几天我终于想明白，那不是他的问题，而是我自己并没有调整好心态。当他已经敞开怀抱，准备投入这一切的时候，我也不能踯躅不前，不是吗？我因此下了决心，不再怀疑我和他之间的感情。那是一段值得被珍惜的感情，我应当变得更爱他。你说呢？"

我说呢？我想说她应当等我回去，但我不能这么说。

大四的寒假，上海又下了一场大雪。婉儿写信告诉了我这件事，但紧跟在后面的是她与男友一起去花园里堆雪人，打雪仗。他们穿着厚厚的衣裳，在雪地里打滚相拥，一同写下自己的名字，又画出一个爱心将其圈起来。她把这些事讲得兴趣盎然，让人觉得这仿佛是两个从未见过雪的孩童。我看完信，感到悲从中来，来不及将它收回箱子就马上拉着琴儿出门，找到一块空地做了几乎同样的事。琴儿说我们都来这么久了，怎么看见下雪还这么激动。

我说，最后一个寒假了，放纵一下。

"哇哦，在这里放纵？"琴儿笑着说。

我本来没这个意思，但想想也不坏，就顺着说："怎么，你不敢？"

"都要毕业了，还有什么敢不敢的。"她说着开始脱下衣服。

我们倒在茫茫的大雪地里，四围空旷，只有树和风。我并未感到丝毫寒冷，但是回到房间以后却直打喷嚏，我和她一同去淋浴间洗了一把热水澡，我们一个劲地笑，互相拍着对方的身子，看看有没有冻坏哪里，说说笑笑，像两个疯子。热水在头顶使劲地冲，热气腾腾的淋浴间里，我们又互相抱着开始亲吻。

洗完澡我一头栽倒到床上，我从未感觉如此疲惫。

第二天醒来的时候，琴儿已不在我身边。我在房间里搜寻良久，发现她的行李都已搬空，只有桌上放着两封信，一封是婉儿昨天刚刚给我寄来的那封，而另一封则是用着我给婉儿写信的纸，我打开它，那是琴儿的笔迹。

"很抱歉，昨天你睡着后，我发现了那封落在桌上的信，我犹豫了很久，还是忍不住偷看了。于是才做了这样一个决定。我并没有难过，我说过不吃醋的，就真的不吃醋。希望你们最后可以真的在一起，再也不分开。我已经习惯辗转，请不要担心我，再见。"——琴儿最末还有一行小字："P.S. 昨天是我这么多年来最快乐的一天，谢谢你。"后面是一张笑脸。

我看着窗外的大雪，感觉自己像从她振动的翅膀上扇落下来的一根羽毛，摇摇晃晃地坠落下来。

大学的最后几个月，我再也没找过别的女朋友。每天待在房间里，写着毕业论文，听着音乐，时不时看看窗外的大雪，给婉儿写信。我换了一个更大的箱子来装这些日益变厚的信，并且把琴儿的那封也一并放了进去。那时我和婉儿已经重新加了对方的社交网站好友，还各加了微信。我想，要是那段日子没有婉儿的陪伴，我将会非常难熬。而更为凑巧的是，就在那段时间里，婉儿也和男友分手了，她终究找不准和那个男人之间的相处节奏，就像不匹配的齿轮，始终无法运转。我想起几年前那个强烈的预感，觉得这一天终于到来。我问她，还有半个月我就要毕业回上海了，到那时我们再重新在一起，好不好。

她没有正面回答，而是告诉我说，她毕业以后将要去美国念研究生。

我愣了好久，然后问她，那暑假里，让我们见最后一面？

她答应了。

半个月后，我离开了六月却仍在下雪的北方，回到上海。那是我人生中最后一个暑假，在那个暑假里，我和她一同去遍了上海的每一个角落，在每一家这几年新开的餐厅里大吃一顿，我们就像最初相爱时那样，白天尽情地约会、吃喝，晚上则钻在被窝里打好久的电话。排除了距离的干扰，我们根本就是天造地设的一对。这两个月仿佛是我们从人生中偷来的一般，谁都不忍心挥霍在除对方以外的事情上，拼命地在一起，仿佛要在这段时间里，把错过的那几年统统弥补回来似的。虽然此刻的我们比四年前更珍惜在一起的时光，却也比四年前更留不住这段美好。

她离开前的最后一天，在我怀里哭了很久。

"不要再联系，"她说，"不要再联系，让一切的一切都停留在这最美好的两个月吧！"

"好，"我说，"但是如果你哪天回来，请一定要告诉我。在那之前，我们谁都不要跟对方说话，连信都不要写。"

这就是我们许下的誓言，我一直在等她回来的那一天。一连几个月她真的没有和我说一句话，而我也坚持信守着承诺。我常常在夜里翻出那只大箱子，用手撩拨那层层叠叠的信，就像是要从海浪里淘出些什么。我回忆着那些在下雪的日子里发生的所有故事，感到时光如雪片般纷纷飘落。一月的某一天晚上，我将箱子里的信按照时间顺序依次排好，从头开始温习那些将逝未逝的情绪。我想，这是我整个青春最珍贵的财富。

这时手机忽然亮起，是来自婉儿的微信：

"这里又下雪了，下得好大，好大。"

还配了一张白雪皑皑的照片。

我的眼泪一时朝着眼眶翻涌上来，不能自已。我紧咬嘴唇，拼命让它不流出来。然后看着窗外晴朗的夜空，深吸一口气，认认真真地回复道：

　　"这里也是。"我说，"上海从未下过这么大的雪。"

浣情岛

在 我 失 恋 后
最 难 过 的 那 段 时 间 里

每当我回想起那座城市，我总是会想起那间叫作"浣情岛"的酒吧。

酒吧的老板说，浣情岛是一个遥远而没有季节的地方。那里的人每天醒来，都会忘记曾经发生过的事，也忘记曾经产生过的情。

那是一个没有忧愁，也没有欢乐的地方。有的，只是日复一日的安详。

老板在酒吧里举办了一场长达一个月的饮酒比赛，获胜者将可以获得一张通往浣情岛的船票。

我并不觉得那是一个多么令人向往的地方，却不曾想到，为了这一张船票，每一天夜晚，竟有无数人在"浣情岛"中痛饮。

我忽然有些想知道，究竟是些什么样的人，会渴望去往那样的地方。

那天夜晚，在酒吧中坐镇的人，已连续卫冕了十二天。

十二天来，没有一个人能够在他醉之前保持清醒。

没有一个人见到过他醉的样子。

"你知不知道，当一个人什么忧愁都没有的时候，他就不会醉。"

他这样对我说道。

"我不太相信。"我说。

"为什么？"

"如果你真的什么忧愁都没有，那又为何想要去浣情岛？"

他看了看我，并不作声。

他的对面，坐着一个穿着黑色长裙的女人。

一个女人要想变得漂亮很容易，要想变得神秘却很难。

这是我见过最神秘的女人，只因她的脸上永远都有着笑容，她的双眼永远都笑盈盈地瞧着对方。

没有一个男人可以不为这笑容所打动。

这笑容固然是美丽的，却更是危险的。所有美丽的事物都是危险的。

夜色很深，酒吧里的灯光却昏暗得恰当好处。

众人围着他们，有男有女，有的窃窃私语，有的高声叫唤着，亦有的，仅仅是默默地看着。

却没有一个人是坐着的。

"喝什么？"男人看着她，问道。

"黑方，纯的。"那黑裙女子微笑着说道。

男人轻轻地叹了口气，问道："怎么喝？"

黑衣女子并未急着回答他，先对一边的酒保说道："麻烦拿两瓶七百毫升的黑方来，外加一个骰盅，一个骰子。"

她的声音也让人听得如痴如醉，既优雅，又坚定，像一朵永不凋谢的花。

在场的人却不禁倒抽一口冷气：倘若要在没有任何小菜和歇息的情况下，空口饮下一瓶黑方，这简直是要出人命的事。

但那坐镇男人仍微笑着。

很快，他们的面前各放着一瓶黑方，一个玻璃杯。骰盅开口朝上放在桌子中央，里面的一颗骰子历历可见。

只见黑衣女子拿起面前的玻璃杯，摇晃了几下，似在欣赏这杯子精湛的制作工艺，随即笑着说道："规则很简单，你我分别向自己的杯中倒酒，然后掷骰子决定是喝自己的酒还是对方的酒，倘若是单数，我们便把自己面前的酒饮尽，而若是双数，则互相交换酒杯再饮尽。如此继续，最后酒瓶先空的一方为胜，怎么样？"

"——当然，倘若有人中途先醉了，则自然算是输的。"她自己又补充道。

真是新奇的规则，人群瞬间炸开了锅。有的人说这不公平，这是在比运气而非酒量。有的人却觉得很有意思，有随机因素的比赛才精彩。然而那坐镇的男人一言不发地坐在椅子上，双目炯炯，似乎在思考着什么。

然后露出了自信和赞许的笑容。

黑裙女子见状，也回了一个对应的笑容。他们仿佛在进行一种无言的沟通，人群的纷乱议论全都如同耳旁清风。

因为他们都十分明白一件事：这看似是比拼谁的运气更好，然而假如实力真的强劲，却丝毫不必害怕输给运气。因为倘若每一轮都将自己的酒杯斟满，那么至少可以保证自己不输。

这样的话，最坏情况，无非是自己喝掉整整一瓶酒。只是这在常人看来，几乎是一件不可能的事。

在如此短的时间内，谁若直接喝下了七百毫升的黑方酒，就算是不死，也一定半身不遂了。

倏忽之间，两人已为自己倒上了酒。

坐镇男人的面前，那酒面与杯口齐平，再多一滴，只怕就要溢出来。

而那黑裙女子的酒杯里，却只有浅浅的一层。她摇晃着酒杯，看着那深棕色的酒在杯中摇曳飞舞，脸上露出满意的表情。

"你害怕了？"那男人微笑着问道。

女子看了看杯中之酒，又看了看他，笑着说道："我只是不想你输得太快罢了。"

男人轻叹一声，苦笑道："我曾经也认识一个如你这般爱逞强的女子。"

黑裙女子道："一个女子若在男人面前逞强，那一定是因为爱上他了。"说着拿起骰盅，盅口朝上，手肘架在桌上，手掌托着骰盅底部，丁零当啷地摇起来。

男人的表情忽然露出一丝痛苦之色，但又旋即微笑起来，眼中闪着亮光看着黑裙女子，道："那你呢？"

"我可没有逞强，"黑裙女子笑道，"这一轮我来掷骰子，没有意见吧？"

男人笑笑，伸手示意继续。

"啪"的一声，骰盅倒扣在桌上，众人屏息以待，听着盅内的骰子渐渐静止下来。

黑裙女子掀开骰盅，骰子赫然显示着四个红点。

众人开始起哄。

黑裙女子面不改色，依然保持着自信又神秘的笑容，反倒是那男人，却好像并不为第一轮的胜利而感到特别高兴，露出了遗憾和无奈的神情。

他看着那满满当当的酒杯，似乎又想到了个新主意。

"你杯子放着，我过来喝。"黑裙女子道。

"不用，"男人一面用手平缓而稳当地将杯子推向对面，一面镇定自若地说道："这以后的每一杯，我都会像这样倒满，只要在这过程中洒出了一滴酒，便算我输。"

黑裙女子道："这又何必呢？"

坐镇男人一面推一面说："因为只要洒出了酒，便说明我醉了，而先醉的人，不正应当判为输家吗？"

黑裙女子笑了笑，道："我以前，也曾认识一个像你这样逞强的男人。"

坐镇男人笑着说："可惜男人并不像女人，男人在任何女人面前都会逞强的，无论是否爱她。"

众人眼看着那酒面映着闪烁的灯光，时刻都可能溢出来，而那男子却仍谈笑风生，真是为他着急。可再看那酒，在移动过程中却始终纹丝不动，竟如凝固在了杯中一般。

不时，酒杯已互换完成，黑裙女子赞赏似的看了他一眼，随即举起杯子，一仰头，将酒喝得干干净净。

坐镇男人接过杯子，只稍微抿了一下，酒杯也空了。

众人拍手叫好，一片喧闹。

我曾经问过那个男人，为什么想要去浣情岛。

他告诉我，因为每个人都有想要忘记却始终都忘记不了的事。

"但是人世中，毕竟还有许多欢乐的事，倘若去了浣情岛，岂非连那些欢乐，也全都忘掉了？"

他看了看我，笑着说："这世上欢乐的事，本就不如痛苦来得长久。哪怕不去浣情岛，大多欢乐也是隔天就忘的。"

酒吧的外面，已下起了雨。

坐镇男人终于不再往自己的酒杯里斟满酒了。

因为他发现对面的女人已有些醉了，而他最不愿见到女人的醉态。

在几年以前，他还并不是这样。他热爱醉倒的女人，因为没有一个醉掉的女人可以抗拒他的拥抱和亲吻。女人在他的生命中，正如飞雪在冬天那样纷繁而美丽。直到有一天，他最好的女性朋友在他的枕边醒来，告诉他，她已爱了他很久。

"可惜我并不爱你。"

犹在睡梦中的他这样说道。

他们从此就再也没见过面。

"你的生命里，可有人曾令你流泪？"他一边摇着骰盅，一边问道。

"没有。"黑裙女人答道。

她的面前已斟满了酒。

"啪"，一点。

她举起酒杯，一饮而尽。

坐镇男人的眼里似有心疼之色。

他将自己面前的酒饮尽，又向杯中倒了浅浅的一层，说道："我曾因为愧疚与懊悔，为一个女人痛哭了三天三夜。"

黑裙女子冷笑一声，道："你们男人竟也有觉得愧疚与懊悔的时候？"

说话间，两人又已斟完了酒。男人的杯里依旧只有一层，而女人的酒杯也依然满满当当。

坐镇男人叹了口气，笑道："这样的时候固然不多，只是一旦发生过一次，就会刻骨铭心。"

黑裙女子摇着骰盅笑道："在我看来，实在是连一次都不会有的。"

坐镇男人道："那或许只是因为，他们都没有真心爱过你。"

"啪"的一声，仍是一点。

黑裙女子手握着酒杯，竟有了些迟疑。

毕竟，她已连续喝了四满杯了，从她开始往自己酒杯倒满酒开始，竟鬼使神差地全部摇到单数，哪怕坐镇男子已越倒越少，也帮不了她。

她的脸已开始泛红。

但她仍举起了酒杯，以一种醉酒者惯有的速度和节奏，将酒杯紧贴唇边。

只听那坐镇男人大声说道："停，你已输了。"

所有人都看着他。

黑裙女子道："怎么输了？"

坐镇男人道："你已醉了。"

黑裙女子不屑地笑了笑，道："我没有醉。"

坐镇男人站了起来，拿起她的酒杯，低声道："你若不醉，又怎会流泪呢？"

于是他慢慢离开了酒吧，走进外面的雨夜。临走时将一只空酒杯放在门口的桌上，好像将要装满这天空所有的泪水。

黑裙女人并没有说什么，也没有追出去，连头也没有转过去。她只是苦笑着，坐在那儿，回想着刚才那句残忍的"他们都没有真心爱过你"。

人群一哄而散，渐渐离去，她看上去是那样的落寞。

我们并不知道她究竟经历过什么事，受过什么样的伤，但却多少能猜到一些。

因为在这个世界上，美丽的事物不但是危险的，更是不幸的。

一个人究竟要经历过多少故事，才能因一句话就泪流成河呢？

从这个角度看，是不是一个人，越是经历得多，便越是脆弱呢？

坐镇男人告诉我，他是故意对她说那句话的。

因为若不能使她流泪，便不能让她信服她已醉，而她若再喝下去，事情就会变得麻烦。

坐镇男人曾遇见过一个强大的对手。

那是一个月明星稀的晚上，挑战者是一个满脸胡碴的黑皮肤青年。

尽管满脸胡碴，但仍一望而知年纪并不大，最多也不过二十岁上下。

那人一走进来，便自提了四瓶陈年的竹叶青。

"砰"的一声，他将酒瓶放在桌上。

那人身材高大，坐在椅子上依然显得十分伟岸。

不待坐镇男人开口，他便大声说道：

"规则简单得很，我喝多少，你便喝多少。喝完便换你开始，你喝多少，我便喝多少。可也不可？"

他的脸上始终带着笑容。那是与黑裙女子完全不一样的笑容，他的笑容像春风和阳光一样无害，而黑裙女子的笑容则如黑夜一般魅惑。

坐镇男人拿起两瓶竹叶青，放在自己面前，笑道：

"倒真是个爽快的法子。"

胡碴青年第一杯就毫不示弱，将自己面前的一只半两容量的白酒杯瞬间倒满，随即一仰头，再放下酒杯时，已空了。

坐镇男人见状，也依样画瓢，倒酒、仰头，也是一样的不露声色。

接着他立刻又倒了第二杯，依然满满当当，随即饮尽，不快不慢，不骄不躁。

胡碴青年拿起酒瓶，一样照着倒满，然后再次仰头，一股脑迅速下肚。看他那喝酒的气势，好像比拼的不是谁喝得多，而是谁喝得快似的。喝完一抹嘴，既不停顿，也不说话，只是心急火燎地立刻又把酒杯斟满。

坐镇男人看着他，笑道："这座城市里，能够这么喝酒的人并不多。"

胡碴青年略微暂停斟酒，随即又接着继续，并说道："其实要这么喝酒，并不困难。"

坐镇男人道："哦？"

胡碴青年已将酒杯斟满，他放下酒瓶，道："凡人喝酒，都带有目的性。不是为了借酒浇愁，便是为了应酬接待；不是为了助兴作乐，便是为了灌倒别人，这些全都辜负了酒本身的美。把酒当工具的人，自然会害怕失去对酒的控制，唯有把酒当朋友的人，反而能与它永远共存、互相欣赏。"

他竟说他与酒之间的关系是"互相欣赏"，真是令人称奇。

坐镇男人也倒起酒来，道："难怪别人都说你'浴酒黑童'金铁万，从小就是喝酒长大的。"

金铁万听了笑道："但我却听说你杨笑云杨前辈，倒是连身体中流的血液，都是由酒组成的呢。"

两人仰天大笑，一齐将各自面前的酒一饮而尽。

众人见两人各自三杯下肚，谈笑间却仍轻松自如，面不改色，不由得感到无比拜服。

杨笑云道："只是兄台此次过来，若是为了浣情岛的船票，岂非便也有了目的性？"

金铁万道："这什么岛的船票，我一点都不关心。我此次前来，实在只是为了和兄台纵情痛饮一番。"

杨笑云笑道："但是你我并不相识。"

金铁万道："但是你酒量出众。只因我从未醉过，所以想来体会一下醉的滋味。"

这话听着虽像是挑衅，然而从那金铁万的口中说出，却显得无比真诚。

杨笑云道："这可真是怪事，这世上竟然还有不醉的人，这样的人偏偏还来我这里求醉。但我却并不是不会醉的人，倘若一会儿我醉了，而你没醉，这岂非要令你失望？"

金铁万大笑道："若连你都无法令我醉，那只怕我便再也不会饮酒了。喝一场不会醉的酒，便如同植一朵不会开的花，简直是世间最没意义的事。"

杨笑云也笑道："确实，喝酒若是不醉，那便与喝水没有区别。"

金铁万道："可惜我竟喝了二十年的水。"

谈笑间，两人你来我往又已喝了数杯，每一杯都是满满当当，就像是这喝酒的规则就是双方轮流喝一满杯酒似的。在场的人无不看得瞠目结舌，而他们两个却仍谈笑自若。不时，四瓶竹叶青都已成空瓶，而他们两人全都安然无恙，正当金铁万起身要去买酒时，却发现酒保早就备好了新的竹叶青，一人两瓶，正恭敬地奉送上来。

两人很快又把自己的第一瓶给喝完了。

金铁万终于显出了些醉态，他的双颊泛红，身子已开始轻微地摇晃，话音也渐渐变得模糊起来。

杨笑云坐在椅子上，满面通红，双目炯炯，可见也已进入了状态，只是脸上仍挂着优雅的微笑。

新瓶开启，金铁万自知已快醉了，不由得兴奋起来，想要一鼓作气使自己醉去，于是迫不及待地把自己的酒杯斟满。

原来，一个抱有必胜信念的对手固然可怕，但最可怕的，却反倒是抱有必输信念的人。

杨笑云看他这般模样，不觉露出一丝失望的神色，跟着也将酒杯斟满，重又微笑道："你年纪虽不大，但却挺有意思。我问你，你可曾大悲过？"

金铁万道："不曾。"

杨笑云道："可曾大喜过？"

金铁万想了想，道："也不曾。"说罢仰头将杯中之酒饮尽。

杨笑云叹了口气，道："那样的话，即便你今晚醉了，也不是真醉。"

金铁万瞪大眼睛，看了看他和他的酒杯，不客气地说道："你莫非是怕了？"

杨笑云也将此杯下肚，道："我只是觉得可惜而已。"

　　金铁万道："可惜？"

　　杨笑云倒满了酒，一口饮尽，道："不错。"

　　金铁万也倒满了酒，一口饮尽，道："怎么可惜？"

　　杨笑云道："你仗着自己的好酒量，到处和人喝酒求醉，纵在酒场混出一番名气，却令你骄傲自满，甚至虚伪世故。你虽自述喝酒只是为了开心，而全无功利之心，实则无时无刻不在追求酒力上战胜别人的快感。你如此年轻却被这些世俗的东西早早束缚住，虽是醒着，却不是真醒。今晚即便醉了，也不是真醉！"

　　原来金铁万之所以倒酒越来越急，并不是想要让自己醉，而是眼见杨笑云似有醉态，要给他致命一击。

　　"一个人若以为别人快醉了而自己还清醒得很，那往往意味着他自己快醉了。"我想起杨笑云曾对我说的这句话。

　　而如今，我明白了这个道理。

　　金铁万站了起来，大声道："我没有醉！我从来就没有醉过，今晚也不会醉的。"

　　说着，他手忙脚乱地倒满了酒，再度饮尽。

　　杨笑云看着他，似有些同情之色。

　　他也站了起来，却没有倒酒，只是一字一句地说道："金铁万，你记住了。你今晚若是因喝了这许多酒，而感到头晕、呕吐、无力、失忆……那样的感觉并不是醉。你若不曾真诚地付出过自己的爱，若不曾因这真诚的爱而被伤害，那你便永远也无法懂得真正醉的滋味！"

说罢，他拿起手边剩下的那瓶竹叶青，向自己的喉咙灌了下去。

众人全都惊呆了，就连金铁万也面露惊惧之色。

不久，杨笑云停了下来，瓶口朝下，酒瓶定在空中。

没有一滴酒滴落下来。

金铁万跌坐在地上，看着他高大的样子，惊得说不出话来。

杨笑云冷冷地道："轮到你了。"

这晚过后，杨笑云声名大噪。

所有人都知道这座城市里有个真正千杯不倒的怪物。

所有人都崇拜他这举世无双的酒力。

然而却很少有人知道他在这酒力背后的孤独。

我曾问过杨笑云，你的酒量这么好，究竟是天生的还是后天练就的。

他告诉我，他无论喝多少酒都不会醉，这是因为他有一个自己不能醉的理由。

我问道："什么理由？"

他说："因为我是孤身一人。"

我笑道："这算什么理由？"

他说："一个人醉酒以后是很狼狈的，这时候如果没有人照顾，一切都需要自己来收拾，那滋味并不好受。金铁万说酒是他最好的朋友，可是他如今应该明白了，他最好的朋友，其实是马桶，只有它会全心全意照顾醉酒的人。"

我说："既然如此，为什么不找个人陪你呢？对你来说，应该不是一件困难的事吧。"

他没有回答，只是笑了笑，我从没见过这么苦涩的笑容。

在这场比赛的最后一天，酒吧里聚满了人。

因为人人都想目睹这酒神的夺冠风采，也顺便想看看究竟是哪个不自量力的人还敢挑战他。

黑裙女人和金铁万也在人群中看着，和其他曾被他打败过的人一起。

酒吧灯火通明，这一天的夜晚比白天更热闹。

这一回走进酒吧的，又是一个女人。

一般来说，一个女人，要么滴酒不沾，但凡能喝酒的，必然是好酒量。在场的所有人自然也明白这个道理，然而这个女人，却令大家都失望了。

因为她的打扮并不夸张冶艳，也不风情万种，她清纯得就像一个孩童。她的双眼就像镜子一样透明，一尘不染，无辜而又充满朝气。要说这样一个女子能够喝酒，那是凭谁也不能相信的。

她坐在杨笑云的对面，怔怔地看着他，像是在生气，又像是有些冷漠，这眼神是那样的清澈，其中的含义却又是那样的复杂。

常喝酒的人是不可能保持着这样的眼神的。

而杨笑云看她的眼神也和看别人不一样。

我似乎已经猜到这人是谁了。

他们互相望了很久，杨笑云才道："我记得你并不会喝酒。"

那女人道："但是我今天却偏要喝。"

黑裙女子在我旁边轻声笑道："果真是个爱逞强的女子。"

杨笑云对那女人说道："好，我听你的。你想怎么喝？"

那女人道："我们比谁先醉！"

这世上竟还有这样的比法！在场的所有人都震惊了，然后一齐发出起哄和嘲笑的声音。

杨笑云笑着说："好，我听你的。那我们喝什么酒呢？"

那女人道："我记得你最爱喝伏特加。"

杨笑云道："可是你却连一口都不愿意碰，光是闻那味道，你就快醉倒了。"

那女人道："不过后来有一天，我终于试了一口。"

杨笑云收住了脸上的笑容，因为他明白，一个不喜欢喝酒的女人若非十分苦闷，是不会去尝试这样的烈酒的。

那女人接着道："真是好难喝的酒，又苦又浓，真不明白你到底为什么爱喝。"

杨笑云道："你不明白的地方，或许还有很多。"

那女人道："不错，我就不明白，为何你还要见我。"

杨笑云道："我并没有来见你，是你来的。"

那女人道："有的事我还是能看明白的，你不用这样骗我。"

杨笑云想了想，道："不错，我在各地酒吧到处喝酒，表现高调，为的就是要让你知道我正在此处。"

那女人道："可是你曾答应过我不再喝那么多酒。"

杨笑云苦笑道："可是除此以外，我便真的想不出能够找到你的法子了。"

他看上去从来没有这么无助过。

不一会儿，一瓶伏特加就已放在桌上。

杨笑云为两只杯子都倒上了一点，大约都只有一口的量而已。

两人什么也不说，碰了下杯子，就各自将杯中酒饮尽。

杨笑云继续倒酒。

还是只有一口的量。

因为他不忍心她喝太多酒。

那女人道："现在你已如愿找到我了，可为什么不说话？"

杨笑云看着她，道："我找你，并不是为了和你说话，只是为了看你一眼。"

那女人笑道："我有什么好看的，你身边的漂亮女人还少吗？"

杨笑云道："正是因为如此，我更想要看你。因为我想弄明白，你到底有什么特别的地方，竟使我对你如此念念不忘。"

那女人脸上露出不屑一顾的表情，道："你见我，只是为了说这些？"

杨笑云见她似在赌气，便道："不错，只是为了说这些。"

那女人万没想到他竟会这样回答，一时来气又无处发，只好一举杯，"咕嘟"一口喝完了杯中的伏特加酒。

杨笑云看着她这天真的模样，像是发自内心地欣赏。然后，好像想起了什么事似的，叫酒保拿来了咖啡甜酒、可乐、一个长饮杯和一些冰块。他站了起来，将可乐和甜酒小心翼翼地倒进长饮杯中，再倒入伏特加，一边投掷着冰块一边说："你知道吗，其实，你很久以前就已经尝过伏特加了，只是你从未发觉而已。"

她怔怔地看着他细长而灵活的手指，并不说话，整个人像是已出了神。

杨笑云一面搅拌，一面继续自顾自地说："你虽不爱喝酒，但对鸡尾酒并不反对。只是我曾为你做过好几次鸡尾酒，你都不太喜欢，害我经常埋怨你，因为我始终都不知道你这个人究竟喜欢什么。直到那一天我们在那家酒吧喝到了这一款，你竟一见钟情，一连喝了好几杯，那时我便决定研究那款酒的做法，今后每天做给你喝。却没想到，等到真的有机会再为你调酒时，竟已是两年以后了。给。"

杨笑云表面上虽然看似平静，但我注意到他调酒的时候，竟不小心洒落了几滴。由此我才知道，他内心是多么激动。

她接过酒杯，看着那醇厚美丽的颜色，目光闪动，然后苦笑着说："真是奇怪，我进来之前憋了一肚子想要骂你的话，可是此刻竟然一句都说不出口。"

杨笑云看着她笑了笑。

她盯着这杯酒看了半晌，苦笑道："其实当年这杯酒究竟是什么味道，我自己也不记得了。因为我并不是因为喜欢喝才喝了那么多的。"

杨笑云道："那是……"

她继续说："你为我做的那些酒，我也并没有不喜欢喝，只是我生怕一旦说好喝，你就不会再为我做鸡尾酒了。"

杨笑云说："你以为我只是为了做出令人满意的鸡尾酒，而不是为了让你快乐。"

她回答道："我只敢这么想，所以那天才需要喝酒来壮胆。"

杨笑云叹了口气，他回忆起那天发生的一切，脸上露出了痛苦的神色。

她喝了一杯鸡尾酒。

杨笑云缓缓地说："为什么人总要等到分开以后，才能明白爱呢。"

她已开始忍不住落泪。

杨笑云道："但是这杯酒，却不同于当时那杯。因为今天这杯酒喝完后，我将不会让你再离开我！"

她闭上眼，拼命地摇头，颤颤巍巍地说道："可是已经来不及了。"

杨笑云一怔，道："为什么来不及？你莫非……"

她道："没错……我已经订婚了。"

杨笑云扑通一声跌坐到椅子上，他已不知该说什么了。

因为无论说什么都已无济于事。

她擦干眼泪，平静了一下心情，说道："其实你说的并不错，并不是你来找我的，而是我来找你的。我来找你，为的就是告诉你这件事，而现在，我想，我必须得走了。"

她虽然这么说，却并没有立刻站起来，她似乎在等着杨笑云说些什么。

杨笑云沉默了很久，然后终于将撑着额头的手放下来，重新微笑着看向她。

他这时的眼光已与她同样清澈，却又饱含着无限深情。

那与之前的杨笑云就像是两个人。

他慢慢地说道："能不能让我送你回家？"

她的手握着鸡尾酒杯，不住地颤抖着。

她的眼泪又流了下来。

那天晚上后来发生了什么，没有人知道。

有人说他送完她之后，回去又一个人大醉了一场。

有人说他们去了另一个隐秘的地方，一觉睡到天亮。

也有人索性说他们私奔去了别的城市。

总之，没有人再见过他们，杨笑云这个名字，也渐渐变成了传说。

而由于他们两个人那晚都没有醉，因此，这场比赛没有胜者。

浣情岛的船票也无从赠予。

不过他们或许已不再需要。

酒吧老板热情地招待了当晚的那些群众，没有一个人追问船票的归属。

其实所有在那段时间参加比赛的人都明白，这世上根本就没有什么浣情岛。只是没有人愿意说破，因为倘若说破，那就真的没有浣情岛了。

后来我离开了这个城市，去了很多地方。我常常在周围的年轻人中，发现那双渴望着浣情岛的眼睛，似乎每个人总有那么些时刻，想要忘记一切，重新生活。他们在各式各样的地方，寻找着浣情岛的踪迹，在酒中，在新的爱情中，在奔波与忙碌中，日复一日地，想成为不会醉倒的人，去获得那一张神秘的船票。却鲜有人能够拥有杨笑云最后一晚那样的眼神，因为那是明白了一切后的眼神，是从浣情岛上回来的人的眼神。

只有这样的人才明白，这个世界上是没有人不会醉的。

只有我们所

知道的地方

在　　　我　　　失　　　恋　　　　后
最　难　过　的　那　段　时　间　里

在我得到娜娜的手机号码之前，我已经注意她很久了。

她在我后面跟了一路的车。一路上我开得很慢，因为我想在后视镜里多看看她。那天阳光很好，她清秀的正脸透过她的前挡风玻璃和我的后挡风玻璃，依然能够清楚地呈现在我的后视镜上。同样清晰的还有她光滑柔顺的披肩黑发，银项链，握着方向盘的细白的手臂，以及那件无袖、白色、纱质的衣服，至于是连衣裙还是上衣则不得而知。

彻底被这一方小小的后视镜死死迷住。

红灯的时候，恨不得停下来不走，一直就这么看着。

后面的喇叭开始叫了。我像只脱水的蜗牛一样缓缓地向前爬动。

边看后视镜边驾驶，速度一定不能太快，不然危险。

也不能不看后视镜，不然浪费。

"唰"地一下，她绕到侧面超了我的车。我立刻踩住油门，紧紧跟随。又到一个红灯，我在她后面，这下看不清了，只能看到一团黑漆漆的座椅背影，还有一小截手臂。

你知道心动这种感觉，如果透过重重车窗还不能减少半点的话，是一件多么难得的事情吗？

难道我会轻易放任这样的机会随便错过吗？

跳了绿灯，我猛地踩了一脚油门。

砰！

停车，拍照，报警，靠边，等警察。

"驾驶证、行驶证出示一下。"警察说。

唰唰唰地做了些记录。

"谁是全责？"

"我。"我以一种很酷的表情说。

敢于破坏制度是一种男子气概的表现，不能不酷。

"你们互相留个号码，去×××路的理赔中心定损。"

就这样，我顺利地得到了她的手机号码。

娜娜在国外念书，这段时间正好暑假，便回国陪伴亲友，不料刚回来没几天，车就被撞了，也不知算是运气好还是不好。我们当天去理赔中心做了定损，第二天娜娜就去4s店修了车，并和我约了地方把修车的单据交给我，让我去保险公司报销。我把修车钱给了她以后，意识到这可能就是我们的最后一次见面，心里不免感到可惜。就像那句歌词唱的那样，其实我心里，多希望能与她有一秒专属的剧情。

"那个……还是想再对你说声抱歉，"我抱着最后一丝希望说，"给你添了这么多麻烦，我想请你吃顿饭补偿一下。"

她的眼睛调皮地向上看了看，然后说道："吃饭就免啦。"

我的心落到了谷底。

"不过……"她继续说道，"你倒是可以换个方式补偿。"

"什么方式？"我连忙问道。

"我的车要修一个礼拜才能好，所以这几天假如我要出门的话，你得把车借给我！"

"可是我的车也要送去修啊。"我说。

"那就一个礼拜以后再修呗！"她说，"这也算是对你边开车边看手机的惩罚！"

边开车边看手机是我在她面前给出的官方撞车原因。

她这样的要求倒着实出乎我的意料，但是的确使我心下窃喜了很久。我看了看我的车，只是前保险杠稍微磨损了一些，安全性上应该没有太大的问题，本想就这么顺口答应她，却忽然想到了一个重要的问题。

这个问题的答案使我不禁激动起来，也给了我信心说出下面那句话。

"可以是可以，不过借别人的车开，毕竟不方便。不如你每次要用车的时候打电话给我，我来做你的专职司机？二十四小时全程接驾，还免费。"

她想了会儿，说："那不行，你的驾驶技术我不放心，万一又撞了怎么办？"

"那正好你监督我开车不要看手机呀。"我说。

她咬着下嘴唇像在忍着笑似的，思考了很久。那俏皮的脸庞却使我的心跳越发加速。

或许，我和她的专属剧情，真的要到来了。

后面的一周，是我在那个夏天里最快乐的一周。娜娜每天都要出去和朋友聚会，有时是吃饭，有时是唱歌，每次我都会负责全程接送她。她坐在我的副驾上，称自己为"专业副驾"——调调空调，设设导航，手机上查查路线。我们一路上谈天说地，竟发现有不少共同的爱好，没过几天，就觉得像老朋友一样亲切。"一见如故"这个词，或许指的就是这种情况吧。

我常常抱怨为什么导航上只能选择"最近路线"，却没有"最远路线"，因为我每一次和她在一起都觉得时间过得好快，好像只要车里有了她，时间就会开始加速似的。

那一周的最后一天，她对我说：“一直都让你接送，挺不好意思的，不如今天晚上我请你吃饭吧。”

“是我撞你的车，你有什么不好意……”

“好啦，快说你喜欢吃什么！”

我想了会儿，说：“那不如这样，我们今天不用导航也不用手机，照着自己的直觉瞎开，路上看中哪家餐厅就去哪家，怎么样？”

她看着我，笑了笑，说：“行，看看哪家餐厅和我们比较有缘分咯！”

一路飞驰。

我们有说有笑地开着车，随着自己的性子决定是直行、左转还是右转。娜娜在一旁仍旧专业地做着副驾的工作。我们一边开一边看路边有没有什么很有特色的餐厅，结果都无一例外地没有兴趣。当然，也有可能真正特别的餐厅都不显山露水，像我们这样走马观花地找，一辈子都找不着。总之，我们就这样越开越远，肚子似乎也不觉得饿，直到天色渐暗，我们来到一个我俩都不太熟悉的地方。建筑物渐渐变得稀疏，行人也开始减少，陌生的教堂、树木和湖泊开始在路的两旁出现，这场城市里的冒险，竟忽而也变得有些刺激起来。

再往前开，我们竟到了海边。

这里空无一人，除了一条狭窄的公路以外，再没有任何人类设施。海浪呼吸一般微微浮动，就像是远古时代一样，车灯所照之处，只有一些礁石、杂草和粗粝的沙子。

"哇哦，我们还在上海吗？"我说。

"找餐厅找到这个地方来，也是蛮不容易的。"娜娜笑着说。

"你饿不饿？想不想回去？"我说。

"来都来了，不如下去看看海吧。"娜娜一面笑着说，一面下了车。

"我就猜到。"我笑着说。

我刚熄灭发动机，就听见娜娜"啊"的一声叫了起来。

"你快下来看呀！"她激动地对我叫道。

我急忙下车一看，被眼前的景象震惊了。

这里竟有满天的星光！

它们闪闪发亮，疏密相间，就像无数颗镶在天上的钻石。

"我从没见过这么多的星星！"娜娜兴奋地说。

"我也是，常听人说星空多美，今天亲眼一见，才感到真的不可思议。"我赞叹道。

"是的呢。"

"我忽然想起，车里还有些饼干和水，不如我们就坐在这里吃吧！"我说。

"好主意！"她说。

于是我们就坐在车旁的沙地上，一手拿饼干一手握矿泉水瓶，听着涛声，看着星光，品尝着这个世界上最简单却又最奢侈的晚餐。

"干杯！"我们拿矿泉水瓶碰了一下。

娜娜用手机打开地图，说道："原来这里还是在上海。这么漂亮的地方，怎么没被市政府开发成景点呢。"

"可不能让他们开发。"我说。

"为什么？"

"因为一旦开发了，就看不见这么多星星了呀。"

"有道理。"她说道，"所以这个地方的存在，我们不能告诉任何人！"

"嗯，这是个只有我们两个才知道的地方。"

我们相视一笑。

能与喜欢的人共同拥有一个秘密，这是一件多么幸福的事情。

我看着她，感到满脸发热。我此刻才知道原来感情的升温竟可以这么迅速，仅仅一个礼拜，对我来说这经历却如同梦幻一般。我很想告诉她我的情意，却又生怕破坏了这一切美好，便始终在这挣扎的幸福中徘徊着。

"你怎么不说话了呀？"她说。

唉，告诉就告诉吧！我终于下定了决心。

"其实，有件事情我一直想告诉你，只是怕你生气。"

"你车没油了吗？"

"不是。"

她想了想，惊恐地说："不会是饼干过期了吧！"

"也不是。"

"那是什么？"

"你先答应我不要生气。"

"答应你啦，快说呀。"

我一咬牙，说道："其实，那次撞你的车，是我故意的。"

她似乎愣了一下，问道："为什么？"

"因为我在后视镜里看到了你的样子。"

她一下子沉默了。

完了，我心想，果然还是太冲动了。

"有一件事，我也一直不敢告诉你……但是现在，我不得不说了。"她轻轻地说。

"什么事？"我心里有种不好的预感。

"我已经有男朋友了。"

"那你为什么一开始不说？"我有些生气地说道。

"我也不太清楚……"她摇着头说，"可能一时犯了迷糊吧。"

说罢她转头看了看我，那眼神好像一个犯了错的人在请求原谅。其实她并没有做错什么，因为一个人没有义务在认识新朋友的第一时间就告诉对方自己是否单身。只是我们都很奇怪地觉得，当我们两个相遇时，似乎这应该成为一种约定俗成的规矩。因此，她心里有了些额外的愧疚，而我也像是被欺骗了一般难受。我们好久都没有说话，直到把饼干吃完，矿泉水饮尽。在没有什么能化解这尴尬的气氛时，我站起了身，说：
"回去吧。"

那天回去的路上，车内的气氛变得压抑，我只好打开电台，我们一路无言地听着歌。我看不清她脸上的表情，不过我想，或许也不用看清。

回去的路总是比来时更快。不一会儿我就已送她到楼下。

"谢谢你这几天的接送，"她下了车对我说，"你终于……可以去修车了。"

她似乎在尽力使气氛显得不那么压抑。

"嗯。"我憋出一个笑，说。

然后她就走上了楼梯。

我望着她的背影，心里感到十分落寞。

那天以后，我们之间就再也没有联系。尽管我还有好多问题想要问她。关于她的男朋友，关于我在她心里的位置。有的时候我会想，有男朋友又怎么了？我们依然可以做朋友啊。可是转念一想，真的可以做朋友吗？我自己把自己整蒙了——目前显然是不能的，而过了这段时间，她飞往美国，就更难了。既然如此，不如就不联系。我不知道她是怎么想的，总之，她也没有再联系我。

我们就互不联系，都那么有默契。

那段时间里，我常常一个人在夜晚开车去那片不知名的海滩。因为只有在那里，我的心才能得到些安宁。我有时会忍不住想要拿出手机和她说些什么，可是每当面对着空白的输入框，又不知该如何开口才好，只好任凭海风一遍一遍吹打着我的脸，在那大海的气味里回想那天我们共度的时光。这样的好时光可能再也不会有了，想到这里我就不免觉得伤感。当我已经做好了再也不会见到她的准备的时候，我听见远方传来一阵汽车声。那声音越来越近，最终在我的身后停了下来。

我的心跳忽然变得很快。我不太敢转身看，因为我害怕转身的结果会令人失望。

我全力以赴地调整自己的坐姿，这样万一来人真是她，呈现在她面前的就会是一个很酷的背影。而最酷的背影是不能回头的。

车门"砰"的一声关上，"咔嗒"一声车门锁上，脚步声便向我过来，越来越近，慢慢来到了我的身边。那人坐了下来，说道："你也在这里啊。"

是娜娜的声音。我长舒一口气。

"是啊，"我说，"吃完饭没事做，来这边兜兜风。你呢？"

"我什么？"

"你怎么来了？"

"这里风景这么好，就允许你一个人来这里兜风啊。"她说。

我笑了笑，说："只有你在，风景才好。你不知道这些星星多小气，刚才我一个人的时候，一点星光都没有，你看，现在你一来，又开始多起来了。"

"那当然，星星也看脸的嘛。"她笑着说。

那亲切的感觉，好像一切都没有发生过一样。我们天南地北地聊着，无论聊到什么话题，好像都有永远说不尽的话。尽管如此，那些至关重要的问题，却迟早都得再度面对。在聊了一会儿那些无关紧要的事后，我们终于陷入一片暧昧的沉默。

"你大晚上的来这里，男朋友会不会……"终于还是我开了口。

"他在国外，暑假忙实习，就没有回来。" 她苦笑着说，"我们谈了五年了，爸妈也都认识，我总感觉我们像是已经结婚很久的老夫老妻了。"

"不是很好嘛！"我说。

"是挺好的，只不过……"她说，"时间久了，难免会感到麻木。两个人都是。"

她的表情有一些忧郁。我望向远方的海平面，不知道该说什么好。我还没有想好该以怎样的姿态面对这样的她，但生活就是这样，问题到来的时候总是不管你是否已想到了答案。

"喂，我们做朋友好不好？"她忽然问道。

这突如其来的问题使我一时没有反应过来。

"无论怎样，做朋友总是没问题吧！"她显得有些激动。

我看着她有些发怔。

"怎么？不愿意啊？"她说。

我低下头笑了笑，说："我总觉得'朋友'这个词挺无辜的，它有的时候被作为拒绝别人的借口，有的时候又用来掩饰一些不愿意让别人知道的关系，只有一小部分时候，它才是原本的那个意思。所以，我不太知道你指的是哪一种。"

"嗯……"她想了想，笑着说，"最好的那一种。"

我们望着对方，不由自主地一齐笑了起来。我每次与她相视而笑的时候，都感觉特别的心有灵犀，好像我们光是用笑容，哪怕不说话，都可以聊一晚上的心事似的。"那就做最好的那一种朋友吧。"我心里告诉自己，尽管有些困难，但或许这就是最好的答案。

"喂，后天你有没有空？"她问道。

"怎么了？朋友。"

"后天我生日，我请了些朋友唱歌，一起来啊？"

"好啊，"我说，"可惜此刻我的车里没有矿泉水，不然真该干一杯！"

"那就后天唱歌的时候补上好了！"她笑着说。

空旷的夜晚，我们的笑声就这样传遍了整片大海和星空。那星星一闪一闪的，仿佛也在跟着一起点头微笑。

生日那天很快就到来了。娜娜的朋友们看上去都很开朗和善，我们很快就打成了一片。

"来来来，介绍一下，这是我新认识的朋友，单身啊！"娜娜说，"你们有看中他的可以跟我要号码，男女都行哦。"

"喂，把后面半句去掉啊！"我说。

"哦，哦，他说他只要男生的号码！"娜娜说。

众人一道起哄，生日的气氛很快就热闹起来。大家玩游戏的玩游戏，唱歌的唱歌，谈天的谈天，娜娜则穿梭在朋友间，喝喝酒开开玩笑，大家看上去都是那样的兴奋，我看着娜娜和他们在一起开心的样子，就会想象他们是如何认识的，又发生过什么样的故事。当你喜欢上一个人时，你就会想象她过去的一切。

"喂，你和娜娜怎么认识的啊？同学？"她的一个朋友问我道。

"撞车认识的。"我说，"你呢？"

他用奇怪的眼神看着我。

这种眼神却让我无比得意。

忽然娜娜走了过来，递给我一个话筒，把我拉到前面。

"干吗啊？"我说。

"一起唱啊！"

"什么歌啊？我不会啊。"

"那你先听我唱一遍，旋律很好记的。"

众人看着我俩将要合唱，拍手起哄起来。

前奏结束，娜娜便熟练地唱了起来。我跟着她磕磕绊绊地低声和着，她拉着我的臂膀，唱得十分尽兴。唱着唱着，我渐渐发现了她拉我一起唱的用意，只见那歌词反复地写道：

And if you have a minute why don't we go

Talk about it somewhere only we know

This could be the end of everything

So why don't we go

Somewhere only we know[1]

　　我看着那排排滚动的歌词，想起那片神秘的海滩，想起我们在那里度过的美好时光，又想起我和她那不可能有所交集的未来，忽然感到分外可惜。我于是放下了话筒，不再跟唱。我看了看她，却发现她也在望着我。

　　"这首歌叫什么名字？"我问她。

　　"*Somewhere Only We Know*[2]，"她说，"很应景吧。"

　　我看着她，笑了笑。

　　"他比家豪和你更般配啊，你要不要考虑一下？"她的朋友们起哄道。

　　"你们不要起哄啦，"她说，"只是朋友啦。"

----

[1] 如果你有空我们为何不
　　前往两人世界倾心长谈
　　也许从此可以做个了断
　　我们为何不前往
　　我们的两人世界
[2] 只有我们所知道的地方。

"看你们那'Somewhere only we know'的样子就知道肯定不简单啦！"

"喂，你解释一下啊！"娜娜对我说。

"你自己解释咯，"我笑着说，"反正对我来说也不坏嘛。"

她狠狠地踢了我一脚。

那天晚上娜娜似乎喝得有些多了。她的朋友们由于第二天有事，陆续各自先回去了，我也不知道为什么，他们就像是说好了一样，这么放心地把她交到我手里，让我负责她这一晚的安全。我虽然知道娜娜的家住在哪里，但是当着她父母的面把这样的她交回去似乎总有些不妥。于是我找了附近的一家酒店，将她背入房间，为她脱下鞋子，盖上被子，把一切都安置妥当。原想就此离去，却又总觉得不放心，只好坐在床头的地上，靠着墙壁端详着熟睡的她，欣赏着她精致的五官。和这样的女人身处同一房间，对任何一个男人来说，都是一件危险而迷人的事情。

"我从来都没有喝过这么多的酒。"她喃喃地说道。

我没有说话。

"你知道为什么今晚我要喝这么多吗……"她继续说道，"因为只有这样……我才能告诉你接下去我要说的话。"她顿了顿，说，"其实我那辆车根本不用修一个礼拜，我骗了你。"

"这我早就知道了，"我笑着说，"因为我撞你的时候速度不是很快，你的后保险杠根本没有坏那么严重……所以我才有胆量提出做你司机的建议。"

"你好坏！"她趴在床上似醉似醒地笑着说，那声音简直叫人心醉神迷。

"不过还有一件事你肯定不知道。"她说。

"什么事？"

"就是在我告诉你我有男朋友的那天晚上，我回家以后一个人在房间里哭了好久好久。"

我看着她，忽然有些心疼。她自己这么说着，似乎也将再度流下泪来，继续说道："我也不知道我在哭什么，只是觉得好可惜，为什么你不能早一点撞我的车……"

我抱住了她，她的脸紧贴住我的胸口，发出了抽泣的声音。这场景叫人多么难过。如果这是电影中的故事，那她或许会不顾所有人的反对，离开男友与我在一起，或许会和我私奔，或许会发生很多荡气回肠的爱情故事，可是在现实里，我们却谁都不会这样做。因为就连我们自己都不清楚，现在的这种好感，会不会仅是由新鲜感而产生的错觉。而要弄清楚这一点，或许就要付出太大的代价。我们在生活中的许多抉择里选择不去冒险，并不是因为缺乏勇气，而是实在看穿了冒险后那惨不忍睹的成功率，而这看似的畏缩和世俗，或许正是人们所谓的成熟与理智。

一个成熟的人若还想做些所谓疯狂的事，最好的办法，或许只有喝酒。我们在一晚酒精的作用下，现在的呼吸已经变得非常沉重和缓慢，像两头着火的犀牛。

"吻我……"她说，"趁我还醉着……"

我看着她红扑扑的脸，很难拒绝她的要求。即使她不这么说，我都无法忍住想吻她的欲望。我把我的脸慢慢地朝她靠近，她闭上双眼，从她身上冒出的热气和散发出的香味开始让我陷入其中、无法自拔。我感到两头犀牛正在某种痛苦中兴奋地奔跑着。

但我最终没能亲吻她。

我在那一瞬间想到了许多事，然后下意识地，做出了这个决定。我用嘴唇轻触了一下她的额头，接着一边苦笑一边摇头，说道："我们是……最好的那一种朋友吧。"

她看了看我，用手勾住我的脖颈，似笑非笑，眼中的泪水若隐若现，却不再说话。

她就这样沉沉地睡去，而我将她的胳膊放回被中，在她的床头，坐了一夜。这是我们在那个夏天最后一次相见。第二天晚上，她就坐上了上海飞往西雅图的飞机，回到那熟悉的恋人身边。我在家里遥望着夜空，心想当她在飞机上穿过这片深沉黑夜时，会想些什么。

我们在临别的时候变得前所未有地羞涩，各自有好多话都欲言又止，最终只能看着对方笑，越笑越大声，越笑越开怀。有那么一瞬间，仿佛所有离别的感伤都被这笑声冲得烟消云散。

但是，只不过是一瞬间而已。

她离开上海以后，在一个阳光明媚的下午，我开着车来到4s店，准备修理那可怜的前保险杠。

我下了车，工作人员问道："请问有什么可以为您服务的吗？"

"修车。"我一面说一面走到车前，望着那保险杠上掉漆的一部分若有所思。

"就保险杠这里吗？还有别的地方吗？"工作人员问道。

"不，不用了。"我忽然想到什么似的说，"保险杠也不用了，反正还能凑合着用。"

说着我便上了车，在工作人员奇异的眼神中飞驰而去。

如果两辆车注定无法同行，哪怕留下一点痕迹，当作纪念也好啊。我这么想道。

我忽然明白，或许这个世界上，有的人互相遇见是一种难得的幸运，但那种幸运，却并不非得以恋爱的方式去报答。

电台里忽然响起那首熟悉的 *Somewhere Only We Know*，浪漫的吉他和歌声飘荡在小小的车厢里，不免使人思绪万千。我看着身旁空落落的副驾，想起这个夏天发生的故事，又不禁感到有些难过起来。忽然，手机响起了微信的提示音。

我停下车，拿起一看，是娜娜发来的一张照片。

她的男友搂着她，坐在一个蛋糕后面，她手捧着鲜花，动人地笑着。

"男友为我补过的生日！"她说道，"我好像比以前更懂得珍惜了。谢谢你。"

然后是一个微笑的表情。

我也发了一个微笑的表情，在脸上。

"朋友"这个词啊，确实挺无辜的，它有的时候被作为拒绝别人的借口，有的时候又用来掩饰一些不愿意别人知道的关系，但也有的时候，它会带你去往一些意想不到的美好地方，会用泪水和欢笑让你更懂得成长与爱的含义。

而这，或许就是那，最好的一种朋友吧。

鲸

■ 在　我　　失　　恋　　　后
　最　难　过　的　那　段　时　间　里

每次坐在车里，看着外面雨下得很大的时候，我都会特别惆怅。我觉得雨量到了一定的程度，就会变成眼泪，使人伤感。但其实不应该，因为雨下得越大，就会有越多的人坐我的车。每天傍晚，当我看着地铁口的人群像软管爆裂而涌出的水流一样，凶猛地朝外奔走时，我就觉得缘分的况味越来越浓。我快速地观察人群中的每一张脸，我知道，这些人中，将有一个人打开我的车门，和我进行一段短暂的相伴。或男或女，或老或少，无论如何，这是缘分，停着的这么多不怀好意的车里，他选择了我，这就是缘分。再短的缘分我都很珍惜，因为在孤独的人生里，一刻的相伴都会闪耀出珍珠的光芒。

而在下雨的时候，这种缘分感就更强烈。不知道为什么，我开始慢慢害怕缘分。直到那一个雨天，她打开了我的车门，坐在副驾上，收起伞，说："银河路514弄37号。"

"系安全带。"我说。

她戴着墨镜的脸向我侧了一侧，将安全带系上。

然后我们就都没有说话。沉默和缘分一样，都是让我又爱又怕的东西。我打开电台，让气氛可以显得不那么压抑。主持人的声音和车外骤密的雨声，并同隐隐的发动机声响，交织出一片和谐，路边的树开始摇晃，行人逐渐消失，眼前只有红绿灯，和下一个红绿灯，模模糊糊的，像闪光的蝴蝶停在电线杆上。这一期正讲到夏天，据说民谣吉他的声音能够代表夏天。我将信将疑，这只是因为现在是夏天而已，而与吉他无关。不过，后来我相信了。

车内响起了吉他声：

"我坐在椅子上，看日出复活；我坐在夕阳里，看城市的衰弱。"

"我摘下一片叶子，让它代替我，观察离开后的变化。"身边的女人跟着唱道。

"喜欢陈绮贞？"我问。

"以前喜欢，现在不了。"她说。

"为什么？"

"太多的人喜欢了，我就不喜欢了。"

我看不见她的眼神，却能闻到她的发香。天色渐渐暗下来，我打开了近光灯，暴雨变得更加晶莹和美丽。电台里的声音还在缓缓地唱道："别让我飞，将我温柔豢养。"

车到了她家楼下，我开了车内的小灯，她一面付钱，一面问："你明天还在那里吗？"

"嗯。"我说。

"我还是那个点下班，不要走。"她说。

"嗯。"我说。

"还有，这个，"她把车前的活性炭玩偶拿起来，说，

"我帮你换了它。"

"为什么？"我很不解。

"这是什么？'一鹿平安'吗？"她问。

"是啊。"我说。

"可惜，这是只'麋鹿'。"说完便笑着离开了，黑色的长发融进了夜色里。

我觉得人有的时候很奇怪。我时常站在阳台上观察对面的楼房，看着夜晚降临时，一盏又一盏的灯熄灭，一盏又一盏的灯又亮起，我的视野里，几十个家庭，几十个人生，几十个故事，同时发生，在这个角落暗下的灯光，总会在另个地方同时点亮，在四楼某户室的哭声中，我同时能看到六楼的某人喝酒庆祝。我这时候深刻地觉察到，我们都是芸芸众生里的一束野草，其实所有发生在我们身上的故事都不是故事，但当我们转过身去，面对身前自己的情书和纪念物时，却总是会忘了这一点，把自己当作某个芸芸众生之外的特例，比所有人都更为悲伤和敏感的特例。

"胖胖啊，胖胖，"我对着脸盆里的乌龟说，"明天会不会下雨？"

它双眼乌黑，看着我一动不动。

"胖胖啊，胖胖，"我继续看着它问，"你孤单不孤单？"

它依旧没有任何反应。

"我提醒你啊，胖胖，以前的人呢，都是把你先烤熟了，把你的贝壳掰下来，再问你问题的，如果你下个问题再这样敷衍，我也就不客气了！"

它缓慢地向前爬了两步，脸盆里浅浅的水泛起了波动。

"喂，你说——她有没有男朋友呢？"

胖胖将头缩进了壳里。

第二天雨势依然未减。她如约而至。

收好了伞，系好了安全带，她从包里拿出一个唐老鸭的车载玩偶，撕下底部的贴纸，二话不说地粘在了车前面。

"看，这个，比麋鹿要吉利多了。"她得意地说。

"唐老鸭？怎么吉利了？"我问。

"总之不是麋鹿，"她说，"而且人人都认识。"

"人人都认识有什么好的，"我说，"一举一动所有人都会知道，不是很麻烦吗？"

唐老鸭巨大的脑袋随着车辆的前行一左一右不停地晃动着，像在偷听我们的对话。

和昨天同样的路，同样的树，同样的红绿灯，同样的蝴蝶发出忽明忽暗的亮光，唯一的区别是，这次我没有再放电台。因为我们开始攀谈起来。她是一名服装设计师，从小就对服饰敏感，对路上行人的穿衣搭配和风格，几乎达到过目不忘的地步。以此为职业，也算是实现了童年夙愿。只不过，她分辨人脸似乎有些难度，据说这叫脸盲症。我于是叫她用手机拍下我的样子，多看看，下次就会记住了。她没有照做。

到了她家楼下，我开了车内小灯，她一把捧过我的头，转过去面对她，用隔在墨镜后面的双眼注视着我，我吓了一跳。

过了好久，她说，我记住了，你的样子。

我望着她润泽而柔美的黑发，说："你呢？能不能摘下眼镜？"

"不行。"她轻轻地，却又坚定地说。

"为什么？"

"要保持神秘感。"

"什么时候才能摘下？"

"缘分足够的时候。"

"你知道吗？这世上曾经有一条鲸鱼，生了一种疾病，它永远也发不出正常鲸鱼的声音频率，它叫的每一声都无法被同伴听见，从此就和别的鲸鱼失去了联系。可是它并不知道自己有问题，所以，一直到死之前，它都拼命地在海中呼唤着，直到最后，都没有一条鲸鱼理睬它。于是它就这样，在孤独的大海里，绝望而痛苦地重复着错误的频率，然后在期待回音的过程中，独自老去。"

第三天的傍晚，我在车上给她讲了这个故事。她一时间没有说话。

人到底在什么时候才会不孤独？如果两个人在一起，是不是就真的不孤独了呢？或许我就是那条频率错误的鲸鱼，或许也不是，因为这个世界上，没有两个人会拥有完全同样的频率。我们一直在猜测和推断中共同生活，然后相拥相爱，但是人们永远都听不到我内心的呼唤，而他们也一样。

我没有询问她的名字，也没有索要她的电话号码，似乎我下意识地预感到，一旦我有办法联系到她，我又将一下子变回孤独。孤独总会在意想不到的时候出现，在它还没有出现的时候，我就不想改变现状，这样，或许它就永远不会出现。但接下去的四十八小时，我充分体验到了这样做的坏处：这是个双休日。

这两天里，我明白了很多事。比如，胖胖的龟壳上，一共有十四个大的格子，裙边则由三十九个小碎片组成。剥一只橙子，我最快只需用十七秒，而彻底吃完一只橙子，我却需要至少一分钟，肚子还很胀。平均每看一个汉字二十二秒，它就会开始变得陌生。Windows XP操作系统的时间每第四秒到第五秒之间，会过得非常慢。

我拉上窗帘，将房间里的灯开了又关，关了又开，我以为这样就可以提醒地球，赶紧进行昼夜更替。我发现我家的楼下，一共有十二个停车位，其中有九个已经被住户买去。这九辆车里，德系车占到了五辆，日系车占到了三辆，剩下一辆这两天始终没有归来，它的车牌号是沪F SN785。我突然觉得观察力敏锐的人，大概内心都很痛苦，就和我现在一样。

我从未如此渴望周一的到来。

周一的天气意外地好。黄昏的时候，一个中年男人打开了车门，我告诉他，我等人。没过多久，一个头发卷曲的中年女人过来，也被我赶走了。这样的人来了六七次，直到天色很暗很暗，我才意识到，她今天不会来了。最后，一对父子坐上了我的车，月光清凉，车厢漆黑，父亲对疲惫的儿子说："乖，很快就到家了，妈妈做了好多饭菜。"

我注意到路边的树上，叶子居然开始掉落了，可是现在才只是初夏。我告诉自己，那一定是棵很伤心，很伤心的树。

"胖胖啊，胖胖，明天，她会出现吗？"

"唐老鸭啊，唐老鸭，明天，她会出现吗？"

我的一个朋友曾对我说，如果你开始想念一个人，你就输了。我不是输不起的人，我也不是害怕输的人，只是尽管我输了，我也没觉得她赢得了什么。我不会告诉她剥完一只橙子需要多久，也不会告诉她唐老鸭到底给了我什么答案。下一次，如果我还见到她，我会像什么事都没有发生一样。若无其事对我来说并不难，因为我已经这样活了二十多年。她消失了两天，在礼拜三天黑时，她终于又从地铁口走了出来，依然戴着象征神秘的墨镜，抬着高昂的头颅，像一个胜利者。她打开车门，坐了进来，系好安全带，说："银河路514弄37号，谢谢。"

"这两天没有上班？"我问。

"不，我住我男朋友家里。"她说。

"今天不住？"

"嗯。"

"为什么？"

"不许问。"

我知道人们总是把"悲伤"定义为负面的词汇，但我不，我觉得这是一个好的词，每次这样想着，悲伤的情绪也就不那么明显了。我一直用这个方法安慰自己，在我的这本积极词典里，寂寞、孤单、嫉妒也赫然在列。我忽然明白了她到底赢得了什么：她赢得了存在。她在我脑中留下了美丽又失落的记忆，不可触及的想象与希望。她就像分了身一样，在我脑中和我的各种想法战斗并且幸存。但是我并没有在她那里留下任何什么。对她来说，我就是一场雨，下过以后，蒸发殆尽，我就不再存在。

其实我根本没有办法若无其事，我的内心始终在发出某种隐秘的频率，从出生到现在，不曾停过。

"为什么？"我又重复地问了一遍。

她沉默了一会儿，说："缘分到了。"

"什么意思？"

"你家有人吗？今晚我住你家。"她说。

我在路边刹了车，问："你说什么？"

"我要给你看样东西，"她说，"去你家看。"

她的墨镜很深，在夜里更是。

"看，怎么样？"我刚打开灯，她就迫不及待地在我面前展示起她的红头发来。

"前两天去染的？"我问。

"是啊，怎么样？"

我看了看，说："还是黑色漂亮。"

她没好气地扭过头去，问我："你家里有音响吗？"一边说，一边开始寻找，然后翻了一盘CD，播放起来。那是一首西班牙语的舞曲，名叫*Quizas*，*Quizas*，*Quizas*，中文意思是，或许，或许，或许。

我记不得当时她是怎么拉起我的手，又是用怎样的语气对我说出"一起跳支舞吧"这六个字的。我只记得那天我度过了人生中最美妙的一个夜晚，她终于摘下了她那巨大的墨镜，露出了这个世界上最美丽的眼睛。

当时的我并不知道，这是我最后一次见她。第二天早晨我送她去到地铁口，她跟随着汹涌的人流一同钻了进去，这是我最后一次对她的印象。她像一个凡人，一个和我没有发生任何故事的人，和她身前身后的所有陌生人一样，在这势不可挡的人潮中渐渐消失。之后的很长一段时间里，我依然每天守在那里，当我意识到，她真的再也不会来的时候，我终于学会了不再对胖胖说话。我猜她始终觉得这是一场游戏，并且坚信自己一直是赢家，可是她并不知道，她根本没有胜利，因为我没有留下她任何的联系方式，也不知道她的任何身世。我一直都明白，她也是芸芸众生中最普通的一员，她的心底，也在用着我们所不了解的频率呼唤着什么。我终于觉得，站在阳台上望出去的千家万户里，有我的一室一灯。

三个月后的某一天，雨又下得很大。我和女友一起回到家，发现门上用吸盘挂着两个鲸鱼的公仔，一个蓝色，一个红色。我突然听到了心底发出的一声高亢的嘶鸣，然后不顾身后的女友，下楼开动我的车。我只想一头栽进这磅礴的大雨里，像闯入一整片寒冷而孤独的海洋。

青春无情

在　　　我　　　失　　　恋　　　后
最　　难　　过　　的　　那　　段　　时　　间　　里

孔子说，女人不可信。当然，这个孔子不是两千年前的大圣人，而是我的室友，孔孟。他的名字和他的品行构成一对反义词，他生活极不讲规矩，离经叛道，见了老师不吐一口唾沫便算是尊敬。高中起开始留长发，大学时候染发，染半头黄毛，像没烧干净的稻草，喝酒抽烟弹吉他，兴趣爱好极为广泛，除了上课。

他本来是不弹会吉他的。刚进大学的时候，我们班有个很漂亮的女孩子，追的人很多，他也是其中一个。这些人之中，他的进展最快，因为他长得很帅，并且不上课也不做作业，所以就多了很多时间忙这件事——这是值得的，因为上课内容只能持续半年有效，但女朋友说不定会跟你半辈子——尽管最后他们只谈了半个季度，至于是哪个季度，现在想起来，大约是冬季——不过这都是后话。

孔孟是怎么追上那个女孩的，具体我们也不清楚。不过我知道，吉他肯定是关键因素之一。因为他没和那个女孩子发多久短信，就开始琢磨学吉他的事，自己买了吉他和吉他谱，每天练和弦，手指磨出血的那几天，烟都没有抽。本来很值得庆幸，因为我们不仅逃离了烟雾缭绕的环境，还可以享受音乐。但是事与愿违，他翻来覆去只弹一首曲子。那首曲子我估计难度很大，因为他练了一个礼拜才把前奏练完，我们一度以为这是一首练习曲，一个礼拜以后才发现那是《七里香》。

这还不是最恼人的，练完了前奏，自然开始练伴奏了。他练得好勤奋，每个乐句都要反复好几遍，然而问题是，他每次练伴奏，都得自己加人声，我们寝室于是每天荡漾着"窗外""窗外""窗外"的回声，不知道的人还以为我们电脑死机了。当他终于把这首歌练好的时候，我们都丧失了辨别旋律的能力，说《七里香》是哀悼乐我们都信，他却得意扬扬，自得其乐。我们原先怀疑他的耳朵是神耳，但后来想明白了，拉屎的人自己是不觉得臭的。

他把她约到了小湖旁，背着一把吉他。一曲《七里香》过后，再经孔孟一番教唆，她便投入了他的怀抱。这个场景要是被真的孔孟看见——我们还是不要欺负他俩老人家了。

就在那天之后，孔孟的头发不知怎么又黑了。我们只知道失恋的人有可能一夜白头，却不知道热恋的人居然会一夜黑头。他说，她觉得染发的男生有流氓腔，她不喜欢。事实正是如此，后来孔孟的个人路线立刻从痞子转移到清纯，穿格子衫、牛仔裤、帆布鞋、梳头发，剪指甲，说话轻柔，戒烟戒酒，间或来一首校园民谣，唱民谣时嘴角微扬，面向阳光，青春无限。

好景不长，一个月以后，她被爆跟别的学院的男生有染。他那晚在阳台上打电话，只听他大喊大叫，说"什么没有""什么没有""你不许再和那个人说一句话"云云，直逼得楼下阿姨直愣愣地瞪着他。电话打完他便从抽屉里掏出一包阔别已久的烟，这烟味像个老朋友。嘿，咱们又见面了。

第二天孔孟拨了一天她的号码，可惜对方始终不接。孔孟一天魂不守舍。

第三天孔孟使出必杀技，再次带上了吉他，下午回寝室的时候，已然在电话里和她你侬我侬，看来是复合了。我不知道她喜欢的到底是吉他还是他，反正又过了半个月，无论是吉他，还是他，还是他的其他，她都不喜欢。她跟了那个绯闻男生跑了，那男生是富二代，蛤蟆脸，染了一整头黄毛，但染得很土，远看像一颗刚从泥巴里拔出来的土豆，属于地方特产。这令孔孟大为不爽，当初他正是为了她才狠心割舍了青黄不接的头发，但她不该因为别人不小心染坏了而觉得别人没染，而自己染得帅就觉得自己耍流氓。他于是得出上文的结论：女人不可信。

可我们得出的结论是：钱比外表更重要——这个结论很积极，可以激励孔孟好好读书，将来赚大钱。可惜孔孟不这么想，他说，读书再好，不是照样被富二代抢女人吗，他妈的。说完挂上耳机，爬上床大睡一觉。

后来孔孟又谈过好多女朋友，但是没有一个能再左右他的发色，也没有一个能让他再学会一样乐器，他反而在吉他上造诣渐深，甚至已经开始了创作。他的第一首原创歌曲便是在第一次失恋后，歌词我记不大清了，只记得副歌大约是：

哎哟，女人真是他妈的不可信哪；

海枯石烂地久天长都是逗你玩儿哪；

哎哟，活着就他妈图个青春无悔呀；

哪知其实这是——青春无情哪。

接着就是一段扫弦，噼里啪啦，摇头晃脑。那时我们的听觉都已从《七里香》中恢复，已然可以分辨一首歌曲的好坏。我们一致认为这是一首好歌，因为歌词很俗，所以容易传唱。孔孟喜欢我们的结论，但不喜欢我们的理由，他说这叫作真情实感，真情实感和俗是不一样的。

确实不一样，真情实感一定很俗，但俗未必出于真情实感。

接下去的那段时间，孔孟一面更换女友，一面更换曲风，到了大一结束，已有几首作品在寝室范围内广为流传，基本上看歌名就能猜到这是什么样的歌，比如，《爱上悲伤》是伤感情歌，《你这个不要脸的女人》是分手后骂人曲，《随便玩玩就随便玩玩》是随性舞曲，《哥哥爱妹妹》是网络口水风格。由歌名可知，这些歌都注入了孔孟的真情实感，因为太俗了，俗得都可以出家了。还有值得一提的是，《有什么了不起》——这是他所有的歌里唯一与爱情无关的，创作背景是大一结束他五门功课不及格，收到了第一份退学警告。

这首歌里有一段词，我现在还时常想起：

啦啦啦啦，我又不当科学家；

啦啦啦啦，我有我爱的吉他；

你有什么了不起，不过是把梦想丢弃；

都有什么了不起，还不都在争名逐利。

啦啦啦啦啦啦，暑假要来啦。

大二开学前夕，骄阳似火，能把大米烤成芝麻，这种天气，正是军训好时节。学校要选出几个节目，在军训晚会的时候表演，正好孔孟的吉他弹唱被晚会总导演相中，他便有了不去军训的特权，每天在练歌房里练习。所以，人有点才艺是好事，即使泡不到女生，至少还能泡泡空调。

像我们这种没才没艺的人就没这个福分了。夏天的晚上，奇热难忍，恨不得自己把身上的皮都扒下来，放冷水里浸个两小时再穿上去。可是肌肤之亲，难以拆开，要浸水，只好自己下床去洗澡。我们寝室剩下的三人平均每人一晚上要洗三次澡，每次洗完，我们都要把孔孟口诛一番，骂他不顾兄弟情义，独自享福。然后把口诛的内容笔伐到短信里发给他。

孔孟对师长虽然无礼，可是他对兄弟还是很"义我所欲也"的。他只泡了一晚空调便又住回了寝室，和我们一起受苦。我们感动万分，但是感动代替不了清凉，半夜还是热得睡不着，睡着都能把你热醒，出的汗都可以在席子上游泳了。吊顶的电风扇吹不到床上，只闻风声不见风，这使人更加燥热。

更使人不爽的风声是，时闻校方正全面准备给寝室安置空调，这个风声从入夏即有，到现在连风信子都没一个。这件事每天都有同学抱怨，但是他们的怨气到头来都化成空气。这直接开发了我们大学生的生存能力和想象能力。军训休息时，同学们各自分享了安心睡觉的方法，除了我们一日三餐、一夜三澡的生活作息，还有人选择打地铺，但寝室的占地面积有限，对睡姿要求很大，不过好歹能睡着。这个方案的强化版是在阳台上打地铺，选择这种方案的人很容易识别，脸上戳满蚊子块的便是。

孔孟白天依然在练歌房里练习，据说是一首专门为军训创作的歌曲，暂定曲名为《一群绿青蛙》，保持了他一贯的路线。

军训晚会到了。主持人道，下面有请十二连的士兵，孔孟同志，为大家演唱原创歌曲《一身绿军装》。我们暗自为导演的取名功夫拍案叫绝。

孔孟上场了，一身绿军装。坐定，清嗓，开口不凡："他妈的校领导，你们何时说的装空调，我们睡觉像烧烤，你们当军训是玩票。啦啦啦，不是吗？啦啦啦，你说呢？"

现场顿时一片混乱，有起哄的，有议论的，有跟着一起唱的——当然只能跟着唱"啦啦啦"，不过这首歌"啦啦啦"比较多，所以合唱的人也很多。后面孔孟索性把"啦啦啦"改成了"哈哈哈"，现场气氛更热烈了，这一定是史上最热闹的军训晚会，观众脸上都洋溢着笑容。可见平淡的生活里其实每个人骨子里都想干一票坏事。

然而我们很为孔孟担心，因为晚会最后有预备党员火速入党的环节，所以有很多领导都在现场。一般在民众中引起巨大反响的人在领导眼里一定是眼中钉，孔孟自然难逃。当场就有几个彪形大汉冲上舞台，孔孟还在"哈哈哈"，他们已经抓着他下台了。

后来孔孟被校领导请去谈了话，要求他写一份检讨。孔孟胆子很大，要求一个月内把寝室楼的空调装齐了才肯写。

孔孟显然搞错了，领导是让他写检讨，并不是向他约稿，他没有资格开条件。我们知道孔孟的个性，是绝不会写检讨的，这样他又会收到一份退学警告，再加上前面那一份，孔孟将面临强制退学。孔孟已经在打理行装了，我们问他去哪儿，他说，追梦。

后来我们寝室里另外三人暗自帮他写了一份检讨，寄到了院领导那儿，这是我们三人想了三天三夜憋出来的小说，情节跌宕起伏，感情充沛丰满，终于得到了院领导的宽恕，遂免除了第二份退学警告。

孔孟整理好了行李，干坐着，就等退学警告一来立刻出发——追梦。

我们问他，这个节目审核的时候怎么过的，他说审的时候唱另一首歌，军晚那天是临时唱的。我们又问他，那你去哪儿追梦？追什么梦？他看了看身边的吉他。我说，哦。

就这样我们聊了好久，还是忍不住告诉他，退学警告不会来了。他背起行囊，说："那我也得走，这个地方留不住我。"

我们说："好好读书，将来赚大钱，可以买好吉他。"

他说："我不要好吉他，我只要弹吉他。"

我们说："弹吉他的人太多了，你会被埋没的。"

他说："我喜欢就成。"

说完便告了别，他的最后一句话是，代我向她说声我爱她。

我们寝室于是只剩下了三人，没了烟味不免有些寂寞。不过渐渐也想通了，即使他不走，大二结束多半还会吃到退学警告，不过是缓期了一年而已。一年很快的，青春也是。

我们把他的柜子和床铺统统分了赃，各自领取一部分放自己的杂物和废物，仿佛是在瓜分遗产，精神上对他感到抱歉。不过最抱歉的是，我们终究没有把他的话带给她。

转眼毕业一年，班长组织同学聚会，打听孔孟的近况，无奈几年来他的手机早已成空号，所以没人能联系到他。有的人说他死了，有的人说他去黑社会了，有的人说他变成同性恋了，还有的人说他娶了个富家女，有的人说他出没在南京，有的人说在东京见过他，有的人说他住在天津，还有的人说他去了津巴布韦。

我只记得我大四的时候，西装革履去北京面试应聘，地铁站里看到过一个很熟悉的身影，唱着我很熟悉的歌，我驻足了一会儿，他略低着头，有胡碴，留着长发，黑色，边弹边唱。我刚要投硬币，便有城管过来赶人。他迅速收好东西，背着设备便跳着跑远，一面跑一面欢快地唱：

　　"哎哟，活着就他妈图个青春无悔呀；

　　哪知其实这是——青春无情哪。"

明天以后

我们不要再

相见

在我失恋后

最难过的那段时间里

路千阳已经很久没有独自一人入睡了。半年前，自从女朋友从他的租房搬出去以后，路千阳每天都会找一个女人去他那里过夜。这些女人，有的原来就是他的朋友，有的则是当天在酒吧或者什么别的地方刚刚认识的，有的和他仅有那么一晚上的关系，而有的则会和他持续几个礼拜甚至几个月，但无论如何，自从那位叫作安妮的女人离开后，这半年来，每一天晚上，路千阳都过得不孤单。倘若安妮知道这种现状，不知会是怎样的反应——他们再也没有联系过。

但是今天，密拉——一个在附近一处大排档里吃夜宵时偶然结识、现在已经和他相伴了两个礼拜的女人，碰巧临时被安排出差，晚上无法回到路千阳身边了。密拉在电话里万分愧疚和遗憾，但路千阳却毫不在意，只是一个劲地告诉她这并没有什么好伤心的，同时劝说她认真工作，不要分神。这场景真像是主人在离家时对宠物的一番温柔的抚摸。

这天晚上，他从冰柜中拿出一瓶朋友送的红酒。关上冰柜门，透过那暗棕色的玻璃，看着原来放着那瓶红酒的不锈钢曲架，他第一次觉得原来空空落落的冰柜竟比摆放着酒瓶时更好看。然后他打开了酒瓶，为自己倒上了酒。今天，他似乎并没有打算再去外面寻欢的了。

他坐在床沿，看着密拉用过的茶杯——当然，在密拉之前，别的女人也一样用过。然后他又看到地上散落的些许长发——当然，也可能是密拉之前的女人们留下的。这时他忽然有种错觉：他原以为这里的一切现在都是属于密拉的，但似乎并不是，那些在这里停留过的所有人，还依然对它们保留着所有权，就像未曾离开。密拉在的时候，他从不会有这样奇怪的想法。他开始觉得这座屋子就和那冰柜一样，抽离了些什么，反而更有种陌生的新鲜感。

他端着酒杯，在屋子里来回踱步，端详衣柜上深浅不一的木纹，观察摆放已久的花瓶的瓶身曲线以及制作工艺，他觉得这些事物此刻变得异常亲切。不一会儿，那瓶红酒就被他喝完了，他望着空空的瓶子，心想："你们原来如此美丽。"

他并没有醉，一瓶红酒对他而言根本毫无效果。他只是——和大多数人一样——总有那么一些时刻，会不自觉地想到很多"哲理性"的念头，尽管旁人听来像是呓语，但在他们的脑海中，自有合理的逻辑。喝完了酒，他便开始洗漱，然后躺到床上。

"我究竟是为了什么，"他问自己，"才需要每天都找一个伴呢？"他习惯性地睡在床的右侧，看着左边空荡荡的枕头，便在床上跷着腿，开始回忆起来。他回忆起安妮刚刚离开时的情形：他无法一个人在这个房间里待哪怕一秒钟，这里本来就如此狭小，到处都是她的回忆和痕迹。和安妮在一起久了，他便失去了独处的能力。他不得不找一个人来陪他，从此开了这个头。

而他在经历了这样的半年后，现在似乎已经好了许多，并且居然有点觉得一个人在房间里的生活也并不是毫无乐趣。日光灯十分明亮，窗帘死死地堵住外面的夜色，使人难以察觉现在已经是晚上十一点多了。路千阳关上了灯，准备就此睡去——第二天一早还要上班。

他似乎在等着什么，等着一双手抱住他因健身而健康有力的腰，等着一个脑袋沉重地倒在他的左肩上呼呼沉睡，等着一片柔顺的长发在自己手臂上散开，等着一只光滑细腻的大腿压住他的左腿，并用脚趾抵触着他的右小腿，而自己的耳边则是一个女人娇柔的呼吸（在安静的夜晚更有种"鸟鸣山更幽"式的安详）。他并不确定在等的这个女人是谁，但是当一切都不再发生了之后，他开始无法安心入睡。当他能够任意地左右翻身而不必顾及诸如会不会压到她或者她的被子有没有被自己拉走之类的问题时，却反而无法安心地入睡了。

他开始想到和安妮第一次睡在这里的情形。想到她对被子颜色的挑剔评论，然后自己和她一起去家具店换了一床她满意的被套和床单；想到她说要买一个专门放酒的冰柜，时常储存点酒，这样就可以随时享受；想到她在这并不大的租房里来来回回行走、饮酒和穿衣时的身影。他好像突然预感到了一些什么，决定做些什么来阻止这一切的到来，于是强制自己停止回忆，转而回想密拉，和她之前的那些女人。

　　这些人挤满了这个小小的屋子，这张小小的床，她们有的在他面前翩翩起舞，有的倒在床上一醉不醒，她们的脸都已记不清，但现在的路千阳觉得，无论是谁也好，只要有一个人在身边，他就容易满足。他下意识转过身来，凑近左边柔软而舒适的枕头，渴望着看见些什么，却什么都看不到：床的这一边空空如也。但他闻到了一些熟悉的东西——那是安妮的发香，她走以后，路千阳买了之前她用的一样的洗发水，从那以后，每一个来这里的女人，都有安妮的发香。而她们走后，这块枕头上面的香味依然没有消失。

　　沉沉的黑暗里，他嗅着这香气，辗转反侧，再也无法入睡，他突然意识到，这半年来，他正变得越来越脆弱。一种越来越强烈的感觉涌上他的心头：他觉得自己好悲哀，像一条无家可归的可怜虫。

　　这个房间没有时钟，但路千阳却无比真切地感受到了时间在这一夜是如何笨重又残忍地流逝。他坐起身，打开了灯，找出密拉的所有衣物和生活用具，将它们统统打包在麻袋中，然后给她发了一条短信："东西我帮你打包好了，明天以后我们不要再相见。"

　　他关上了手机——他不会不知道密拉在醒来以后看到这条信息会是如何的惊愕。他最后从浴室里拿出那瓶"安妮牌"洗发水，端详了一阵后，紧紧塞入麻袋中。接着他关上了灯，跳到床上，一头栽倒在被窝里，他从未感受到如此的孤独，也从未感受到如此的自由。

Mary,

在 我 失 恋 后
最 难 过 的 那 段 时 间 里

外面下着暴风雨的时候，我正独自徘徊在偌大的屋子里。那酒红色的地毯缓缓融化，我的身边因此聚集了某种沉重的空气，使人非常不自在。我打开留声机，闭上双眼，像榕树被锯断似的倒在沙发上。当Jim Morrison哼起 *Riders on the Storm*[①]的时候，我缓缓睁开眼睛，发现涂着浅蓝色颜料的天花板正在逐渐变得幽暗，并且离我有几千公里远。

我就是在这样的一种环境下等待着Mary的归来。

2012年冬天，我终于卖出了人生中的第一部剧本，得到了梦寐以求的稿酬，成为身边朋友中最富有的人。一连几夜，我都和不同的朋友在上海最好的夜店中度过。那杯盘狼藉、寻欢作乐的景象使我感到自己就是这个世界的中心。然而，或许是出于某种必然的结果，在那最初的狂欢挥霍一空之后，我忽然陷入某种困惑，我觉得这个世界因这样的突变而变得分外不真实。一种强烈的幻灭感从我的头顶降临，过去和现状的巨大落差把

① 风暴骑手。

世界从时间上分成了悬崖似的两半，这种割裂使我如坠深渊。我开始怀念曾经默默熬夜写作时的踏实感。然而我清楚地知道，在体验过这样的成功之后，那样的日子便一去不复返了。

这种毫无结论的怀疑持续了很长一段时间，然而在别人面前，我丝毫没有表现出来，依然为了符合人们的想象，展现出春风得意的姿态，同时任由心中这隐秘的抑郁不断扩大。我不曾把这种痛苦告诉过任何人，因为我不觉得会有人理解这样的感受。在别人看来，这无疑是一种矫情的炫耀。

终于，我再也控制不住心中那团黑暗缥缈的火焰，决定要做些什么来摆脱这样的阴影。于是在2013年夏天，我只身前往了美国西海岸的Sirens①市，意图以这样的仪式和陌生来使自己找到渴求的答案。

我在Sirens市租了一套两层楼的房子，环境幽静，阳光温和，有蜿蜒的林荫道和湛蓝的天空。置身于如此美景之中，我又开始渴望热闹、怀念狂欢。于是没过多久，我就在当地结识了几个好朋友，并且时常在家里举办派对。他们往往带着他们的朋友，或者朋友的朋友来，有时人多，有时人少，但每次总有新的人出现。我和其中的几个姑娘睡过觉，然而都称不上是多么愉快的经历。倒不是因为这过程中有些什么问题，而是每次完事以后，我总是发现我极力想要逃脱的那种虚无感又会从心中滋生开来。然而在与她们睡觉之前，我又无法克制自己的欲望，便只能如此循环下去。我由是想到叔本华的一句话："生命是一团欲望，欲望不满足便痛苦，

---

① Sirens塞壬。

满足便无聊，人生就在痛苦和无聊之间摇摆。"

只有当我和Mary睡觉时，情况才发生改变。

Mary是在这里念书的一位留学生，比我小一届。我们在第一次见面时就已经互有好感，可是直到我第三次在派对中遇见她，才成功和她上床。那一次的经历简直把我们给吓坏了。房间里竟下起了雪，并响起了银铃的声音，从床上冒出一股温暖而诱人的力量，使我们的四肢朝着未知的地方无限延伸。虽然是不可思议的体验，那感觉却使人异常愉悦，我和Mary互相看着对方，为能共同经历这样奇妙的事情而感到幸福。

那天以后，Mary和我便住在了一起。因为她是唯一一个睡完觉以后不使我感到空虚，反而还有悠长余味的人。当然，或许这在很大程度上要归功于这奇妙的房子。我们没过多久就发现，这间房子会随着Mary和我的心情进行变化。当我们心情愉悦时，整个房子会营造出一种快乐迷幻的梦境，而当我们吵架或者心情低落时，它又把室内的环境变得阴沉昏暗。在Mary之前，这房子从没有类似的征兆。我相信这是一种提示，告诉我这是我命中注定的女人。

我们的生活从此变得五彩斑斓。一同做饭的时候，香气会在我们之间舞蹈。一同倚在沙发上看电影时，整个房间都陷入彻底的黑暗，好像我们是坐在宇宙中看电影。一同跳健身操时，竟会感觉身轻如燕，我们甚至能够爬到天花板上做倒立，摆动无数触角，直到健身操的音乐结束，回过神来才发现我们仍安然无恙地站在地毯上，热汗淋漓。我们惊讶地看着对方，然后不约而同地大笑起来。整个房间都坠满了彩虹。时间、重力、温度、色彩，在这个房间里，几乎没有任何一样元素是确定的——除了Mary爽朗的笑声和我们拥抱时的触感。

这是一段十分梦幻的时光，我甚至一度忘记了自己的姓名，只记得她叫Mary。自己的身世也时而变得模糊不清，一些在这里产生过的幻觉侵入记忆，渐渐地更改了我的过去，仿佛自己重生了一次。而在那重生的记忆里，一个名字反复地出现，反复地坠落，也反复地闪耀。它使我的心从黑暗遥远的夜空中，又重返到那阔别已久的热烈篝火旁。

Mary，Mary，Mary。

我无法自拔地爱上了她。

我总是问她爱不爱我，可是她从不回答。她也没有告诉我她的中文名字以及任何联系方式。她神秘得像个黑洞，一无所有，却吸引一切。

"你知道为什么这座城市要叫Sirens吗？"她问我。

"为什么？"

"因为这是一座不能存在爱的城市。"

"怎么说？"

"Sirens是一只海妖的名字。传说她常常守在一座孤岛上，日夜歌唱，诱惑过往船只，那些船员听见了她动人的歌声，便拼命向孤岛驶去，然而最终却都无一例外地全部触礁身亡。因此这个叫作Sirens的海妖被人视为无比恶毒的存在。"

"难道不是吗？"我说。

"你真的觉得Sirens想杀死那些船员吗？"

"我怎么知道。"

"在我看来，那更像是求救。"

"……"

"只不过，爱她的人都死了。"

爱她的人都死了。这真是一个美丽的诅咒。

有一天我忽然发现我的衣橱里多了一只女式的袜子，Mary告诉我这是她放进来的。我问她为什么，她又笑着不回答。在之后的日子里，我陆续在我的桌子上发现了她的一只耳钉、一把不知道是什么锁的钥匙和一个钢质打火机。我把它们都放在一个专门的盒子里，就当作她给我的礼物。

Mary喜欢抽烟，而我不。当我们一同躺在床上时，她习惯性地点起一支烟，向我的嘴唇里塞，就像用手指堵住我那询问爱意的嘴唇一样。我吸了一口，她笑了，将烟送回自己的嘴里，好像这种仪式比接吻还要浪漫，是一种特别的杀人手段。她要将那个爱她的船员杀死。每当我这么想着，就会觉得自己的身体在慢慢变得松散，最终和身边的床头柜、落地台灯、时钟一块，全被敲碎。我和Mary的每一寸肌肤都在这片空间中找到了自己的位置。我们飘散又融合，像两拨迎面撒开的风尘。

第二天我发现，这无非又是这房间的一次恶作剧罢了。

　　我和Mary就这样不知时间流逝地度过了一天又一天。直到有一天清晨，我从一个迷离乖张的梦中醒来，发现这房间正在演绎着梦中的景象，我一时有些迷糊，不知是否仍处在梦境中。于是碰了碰身边的Mary，她翻了个身，仰面继续睡去。我用手抚摸她柔顺的黑发，放下心来，但是，忽然一个可怕的念头从我的脑海里跳了出来。

　　如果Mary本身也是这个房间的幻觉……

　　无限的怀疑在我心中一天一天扩张。从那天起，不知是否出于我的心理原因，我渐渐觉得Mary的身体变得越发轻薄，接触她时的感觉也不再那么浓烈和明显，不由自主地害怕起来。我对自己的爱深信不疑，但对于爱人本身是否真实，竟没有任何办法去分辨，那我究竟还有什么可以相信！身处虚无之中的感受这辈子我都不想再有了，可现在，那可怕的梦魇再度出现，使我不堪折磨。连续几个夜晚，我辗转反侧，无法入眠，而当Mary好意地关心我究竟是怎么回事时，简直就是火上浇油。她的声音是真实的吗？她的关心是真实的吗？她爱不爱我？存不存在？我一想到这些问题，就从心底感到害怕，再也无法找到答案。

　　而当我在这个世界找不到解决方案时，就只有去另一个世界求证了。

　　在一个阳光明媚的下午，我对Mary提议开摩托车去附近兜风。

　　一旦出了这栋房子，所有的答案都能知晓了吧，我想。

　　"兜风？听上去不错。"她说，"只是……"

"只是什么？"我心头一颤。在此时的我听来，她就像正在寻求一切不出门的理由，来掩盖自己不存在的事实。

"只是这天色好像不太好，云层又低又厚，怕是要下暴雨。"

"……我们就出去一会儿，好不好？"我紧张地看着她。

"明天再出去好吗？我感觉今天好累。"

"可是我今天心情不好，拜托了。"

"你怎么像个小孩子一样……"

"出不出去！"我叫道。

她用难以置信的眼光看着我，我也被自己的表现惊呆了。

她盯着我看了好久，然后说道："你别忘了，我可不是你的女朋友，也不是你那些过夜即忘的情人，你没有资格用这种语气跟我说话。"

我愣住了，生气时的她是如此陌生，那段和她度过的温柔时光一下子变得荒谬起来，就像一个活生生的人进到了镜子里去。

Mary拿起桌子上的钥匙，瞪了我一眼后转身开了房门，跨上摩托车，熟练地将它启动。

我奔出门外想要挽回，但她只是对我说了一句"我再也不会回来了"，就在乌云密布的天空下疾驰而去。任我如何呼喊也无济于事。

我回到屋中独自等待。我原先并不感到多么难过，因为，首先我验证了她是存在的，其次我相信她总会回来。她还有换洗的衣物、化妆用品在这里，况且这也不是一次多么严重的吵架。她迟早会回来。抱着这样的想法，我从黄昏等到了黑夜，从阴天等到了暴雨袭来。房间中渐渐荡漾起一股绝望的气息，不好的预感以螺旋的方式缓缓逼近。我感到越来越无助，越来越悲伤，好像她的不再归来不是一个可能性，而是事实，至死都不会改变的事实。我怔怔地望着窗外，可是满世界只有狂风骤雨。留声机中的音乐却仍悠扬地播放着，这感觉就像触摸着火焰却感到了冰冷。

洗个澡继续等吧。这么想着，我进了浴室，却发现有什么不对劲。

她所有的护肤品全都不见了。

我冲进卧室，打开她的衣橱，空空如也。

"到底是什么时候……"

"我再也不会回来了。"床上传来熟悉的声音。

我拙头一看，Mary穿着一袭睡衣侧躺在床上。一只手撑着脑袋，一只手拿着烟，涂了冶艳的口红，用一如既往神秘的眼神笑着看我。

"你什么时候回来的？"

"在你睡着的时候。"

"我睡着了？"

"嗯，躺在沙发上，毫无防备。"她把烟灰掸进烟灰缸里，外面轰隆隆地响着滚雷，雨势大得像一场战争。

"那这些衣服和化妆品……"

"因为我不会再回来了呀，"她笑着说，"所以我就带回去了。"

"你认真的吗？"我坐在床边搂住她问道，"下午是我不好，你能不能原谅我？"

她闭着眼摇了摇头，秀丽的黑发也随之一起摆动："不是原谅不原谅的问题。"

"那是……"

"就像花朵一样，该开放的时候就开放，该离开的时候就离开，我也没有办法。"

"我不明白这是什么意思。"

"你总会明白的。"

说着她摁灭了烟头，向我吻来。

令我忧伤的是，当我抱住她时，我发现她的身体依然透明缥缈，像是空气做的女人，或是富有生命的迷雾。仿佛就在此时此刻，她开始消散，慢慢消散，直到某一个具体的时间点，她会彻底地消失。想到这一点我就觉得痛苦，于是把她抱得更紧，吻得更深。虽然我不明白这其中具体是怎么回事，但我想，她所说的离开应该就是自己即将消失这一事实。这让我对她的爱达到了极点。

我们各自脱去了衣服，在床上最后一次做爱。我拼命地想要做些什么来挽回些什么，但是除了享受这极致的幸福和痛苦以外我完全无能为力。不知不觉的，房间中的时间开始变得绵长，悠远，没有尽头。好像一伸手就能更改未来。窗外世界的速度却越发增快，闪电的光一道接着一道。我和Mary徜徉在宽广的时间域中，互相感受对方的身体，我抚摸她的脸，摩挲她的秀发，觉得世界因她而变得无比美丽。一首炽烈的歌曲从天上落下来，散落在房间的每个角落：

我们的房间里，

有银铃和贝壳，

还有那漂亮的人儿相依为伴，

Mary，Mary，

Mary，Mary……

那神秘的声音发疯似的不停呼喊着Mary的名字，伴随着我们到达高潮。那一瞬间，我忽然感到了彻底的真实，好像我在云上漂浮了二十年，却在这一刻最终落地。她的身体不再变得虚幻，而是实实在在、富有弹性。我梦寐以求的踏实感竟在这时不期而遇，然而仅在一瞬过后，它又消失不见，我又回到了那幽暗的上层空间中。告别的悲伤云朵从天花板上层层压下来。窗外的雨也如声势浩大的军队一样冲击着巨大的落地窗。我们之间的故事像是一座即将被摧毁的城池。

"你到底爱不爱我？"我吻着她的耳朵最后一次问道。

"我也不知道。"

"什么意思？"

"我和你亲吻、拥抱、做爱、聊天，每天都生活在一起，每天都无忧无虑，有快乐的时光也有吵架的时候，可是你为什么还是会质疑我爱不爱你，你觉得到底该是怎么样才能算得上真正的爱呢？"

我一时间无言以对，这是一个我从没想过的问题。

"多么奇怪啊，我们可以和任何人做这些事，但即便如此，却仍不代表爱，这不是一件很虚无的事情吗？"她继续说道，"所以我想每个人或许在心中都有一个爱的仪式吧。"

窗外雷声阵阵。

"爱的仪式？"

"比如，有的人哪怕和别人在一起，也决不允许对方牵她的手，因为在她的心里，牵手这个仪式就代表爱。"

"那么你的仪式是……？"

她把脸侧到了一边，不再回答。我忽然想起她送我的那些袜子、耳钉、钥匙和打火机。我忽然明白了，把这些本该成对出现的东西留一半给对方，这就是她爱的仪式吧。想到这一点，我就感到心痛难忍，我抱住她痛哭了起来。

"不要离开我好不好？"

她沉默不语。雨点密集地敲打着窗户。

"不要离开我好不好！"

雨水冲破落地窗，海啸一般汹涌而入，还未等我反应过来，就已淹没我们的身体。整座房屋上下颠倒，我抱着她的手在混乱中终被倾塌的衣橱和床板冲开。我们渐行渐远，渐行渐远，直到再也看不见对方，互相永远地睡去，而那孤独的歌者还在一遍又一遍地唱道："Mary，Mary，Mary，Mary……"

我从小就害怕告别。在我的潜意识里，所有的告别都无异于被人抛弃。我由是想到那些生命中遇到的姑娘，那些和我仅有过一夜之缘却被我弃之如敝屣的人。她们也是一样害怕被人抛弃的吧。我回忆起她们离开我的眼神，忽然觉得自己也和她们一样。无数的画面在我眼前闪过。其实我们都是在被不同的人抛弃而已。面对不情愿的告别，所有人都是同样地无能为力。

醒来的时候暴风雨已经过去，落地窗完好无损。窗外已是清晨，一片晴朗，墙壁和天花板恢复了许久不见的素净。我的床边不再有人，衣橱和别的家具也都安然无恙。我已分不清昨晚发生的事情中，哪些是事实，哪些是幻觉。究竟有没有下过那场暴风雨，Mary有没有出现过，都成为一个无法知晓的谜。

我起床洗漱的时候，在镜中自己的脸上发现了一个口红印，感伤之情随之而来。

但房间却不再发生变化。

那一天过后我又在Sirens市待了一个礼拜，那是极其平静的一周，无论我做些什么、想些什么，房子都不再制造出相应的环境。开始几天我很是不习惯，差一点就忘了这种平凡普通的房子和日子才是生活最真实的本来模样。时间也开始安分守己地继续行走起来，一分钟就是一分钟，一天就是一天。从今以后再没有发生什么幻觉。

一周以后，Mary依然没有回来，什么特别的事都没有发生。平淡的房子再也回不到当初的绚烂，就像Mary和她所带来的时光一样。我感到很疲惫，但又莫名地充实，像刚生了一场大病，现在正慢慢恢复。我交付了房租，收拾了行李，准备就此回家。

　　收拾行李的时候，我重新打开了那个收藏Mary物品的盒子，却发现里面所存的物品里，缺少了一只袜子，我在家中翻箱倒柜也没有发现它的踪迹。它就这样无端消失了。

　　回到家的第二天我又打开盒子，缺了个打火机。

　　第三天是钥匙。

　　我想起那个迷离的下着暴雨的夜晚，想起那个迷离的不知真假的Mary所说的"爱的仪式"，想到这些物品可能都是Mary爱我的证明，而它们逐渐缺失是否也意味着Mary开始忘记我了呢？我看着盒子里剩下的最后一样物品，那个银色的圆形耳钉，把它穿在了我的左耳上。我也不知道为什么要这样做，可能是想等到Mary彻底不爱我的那一天，用耳朵上所感受到的消失和疼痛，来提醒自己那段时光和那个人的真实性吧。

　　在那之后我每天都戴着那一只耳钉，而它也一直没有消失。有几次我在不同的场合听到那首熟悉的"Mary, Mary, so contrary"，脑中都会浮现出Mary的模样和那个夏天发生的故事。想起那个下着暴风雨的夜晚，想起所有确定和不确定的一切。对于这个世界的真实和虚幻，我依然找不出最后的答案，但是凭借这只闪亮的耳钉和心中难忘的留恋，我至少在这个不可捉摸的世界里找到了一个实在的落脚点。只要心中有些什么在支撑着，继续生活下去就总不会是件太难的事。

　　从Sirens市回来以后我的精神状况渐渐好了许多，

一年以后爱上了一个新的女人F。她拥有和Mary相似的神秘魅力，像当初爱上Mary一样，我也深深地为F所着迷。我忍不住告诉她我的一切，我的爱，我的恨，我犯的错误，我做过的梦。那段梦幻的旅程我也向她娓娓道来，我告诉她，我爱她超过Mary。

F听了只是朝着我微笑："你哄小姑娘都是用的这个故事吗？"

"没有，我这是第一次告诉别人。"

"这故事不错，你挺有想象力的。"

"这是真实的故事！"我说。

"是吗？"

"千真万确……至少在我的主观意识里，它实实在在地发生过。"

"可是我怎么不知道美国有一座叫作Sirens的城市？"

"有啊，就在西海岸，加州。"

"没印象。"

我在她面前打开网页，找到美国地图进行查询。过了半天，丝毫不见Sirens的踪迹。各大旅行网站上也一概没有去那里的机票和酒店。我拿出手机想找出当时的机票信息，可来来回回翻了好几遍都没有找着。Sirens的所有，就像是个神话故事一样，在现实中毫无踪影。我迷惑地看了看F的脸，仿佛在指望她来告诉我答案。

就在这时，我的左耳一阵颤动，耳钉"叮"的一声滑落到了地上，滚到了桌子底下。我在地上找了好久，真的好久。一边找一边流泪，一边两手空空。

79路公交车

在　　我　　　失　　　恋　　　后
最　难　过　的　那　段　时　间　里

若不是那次去应聘，我不会知道原来79路公交车已经更换线路了。

我还记得和她在车上相伴的情景。79路是校门口唯一的环线。学校封闭式，除了周末都不准回家，严禁早恋。我们就在车上约会，一圈一圈，坐在倒数第二排，因为最后一排突然高起，像个大台阶，显眼，怕见到熟人。往前坐也一样，怕见到熟人。她坐窗边，我靠外。往往是夜色里，我们比较舒心，因为车里不会开灯，熟人不易见到。也往往是夜色里，她看窗外的侧脸比较美，因为我们几乎只在夜里才约会，白天要上课。

79路车型比较老式，车名还是蓝底白字贴在大窗上的，车厢前面还有个大大的发动机盖子，人可以往上面坐，就是有点热，我一个人的时候坐过几次，冬天很舒服。车身浅蓝，油漆斑驳，露出点点白色，远看像贴了无数只蛾子，近看不难发现是许多锈迹。转弯和起步时售票员常常在窗口敲打一面红色的小旗子，她说上面写的是"慢"，我说不是，就一块红抹布而已。后来事实证明她赢了。

79路车的师傅和售票员，我们也都认识。每周

一、三、五、七开车的是陆师傅，人很瘦，脾气不好；二、四、六开车的是唐师傅，也很瘦，不过比陆师傅稍丰满些，脾气好，人老实，他的话不多，除了和小卫。小卫是和我们关系最好的，是售票员，她喜欢我们叫她小卫，显得她年轻，事实上当时她的女儿已经读大学了，小卫经常告诉我们她女儿的故事，不过我现在都忘了。

我们还是习惯叫她小卫姐姐。她做六休一，给女儿挣学费。

环线的风景倒是还记得些。印象最深的是一个商业区，每幢百货大厦从车里都望不到顶，一路都是商厦，商厦里都是模特，我常说模特没有她漂亮，她说我骗人，我当时倒真是没骗。商厦透明，敞亮，打着灯光，五颜六色，总是会把她的脸照得很奇幻，我有时会忍不住亲上去，她会躲，怕熟人，但往往躲不过。

一年她生日，我在这里的某幢商厦里买了一只大熊送给她，两百元。她嫌贵，要我退，我不肯，这是心意，哪能退。我对她说质量好，和她配，她又说我骗人。后来我吃了一个月包子，自己都有些后悔。不过幸好，车还坐得起。

走出商业街，拐个弯，路口就是仁心医院。里面往往有很多同校的师生，大病小症全往那儿去，所以开过这一带时我们会很紧张，因为最有可能碰到熟人上车。再往前开是个小区，很多老师住那里，有时我们看到前面认识的老师下了车，会很后怕，不过幸好夜色常常把我们藏得很好。她比我更怕些，我让她闭上眼睛别看，然后她就紧紧抓着我的手。

过了这站以后有一个公园，夜色里什么也没有，只能看到一堵白墙，顶着头发似的黑瓦，时不时冒出一些植物的枝叶。公园旁边是车站，算是环线的起点和终点，师傅和售票员会下去喝点水、吃点东西。这时，车子里一般除了我俩就没人了，停十几分钟，其间才陆续地有人上来。有一次小卫上来的时候，帮我们带了盐酥鸡和奶茶，车里的人用异样的眼神看着我们。我觉得很温馨，她也是，可她说以后不用了，怕熟人注意，所以，以后小卫就再也没带过。

车站出去没几站是肯德基，再过去就是学校，我和她下车以后就分开走，隔几个人。学校旁边有一家软件公司，我那天就是去那里应聘。去之前，我也不知道就在学校旁边，他一说地址，我一拍脑袋，说："这不就是我们学校旁边吗，认识，认识。"

新的79路车身由浅蓝变成了淡绿，也没有售票员了，自动售票。司机自然是不认识，脾气坏的陆师傅在我们毕业前就走了，开出租车去了，小卫说，开出租钱多一些。我问唐师傅怎么不去开，他说开公交收入稳定，他也不爱闯。陆师傅是会瞎闯的人，他们说陆师傅和单位里一女的搞不清楚，他老婆来闹过几次。后来怎么样我忘了，只记得她在那以后常常会问，我会不会爱上别人，我会不会爱上别人。

我坐了几站，发现路线不对。走上前去问司机，康平中学到不到。司机方脸，头发半白，眼睛很大，一瞪我，显得更大。他说，早就不到了。我很惊讶，问是什么时候的事。他没好气地说，世博改的，你下去伐啦。我急忙下车。

这辆车很漂亮，白绿相间，车的侧面还有电子显示的车名以及起止车站的名字——确实是改了。我趁机看了一眼原本小卫坐的那个中门的位置，一个小伙子戴着耳机睡着了，他穿着深青色衣服，和小卫售票用的挂包颜色很像。

那天我等了好久才打到出租车，可惜最后还是迟到了。

高中的第一个夏天，女生们都穿上了短裙校服。一次出操，我注意到一位女生的小腿特别漂亮，细致得像精确计算过，于是我爱上了这个女生。在她以后，我再也没见到过比那更美的小腿，要么太细，要么太肉。唯有她的弧度最美，她的一切都是独一无二的。

两年后的一天，我们躺在公园的草地上，她穿着短裙我穿着短裤，天色很晚，学校里在办迎新晚会，我们逃了出来。我得以细细抚摸她的小腿，像流过她小腿的一股泉水。四下无人，丛林茂盛，我脱下短裤，她脱下短裙，周围的虫子飞来飞去，时不时砸到我们的身上。我试着进去，可是她说痛。她说让我慢一点，我很慢很慢，她还是痛。我于是穿上了裤子，并帮她也穿上了裙子。这是我们的第一次，也是唯一的一次。

那天我们互相把背上和屁股上的泥土拍了好久才敢坐上79路回去，一见到小卫都不约而同地低下了头。小卫问我们怎么了，我们羞涩地笑了起来，却仍不告诉她。唐师傅不闻不问地把车子轰隆隆向前开，小卫到最后都没明白怎么回事，不过我想，她一定猜得到。

前一阵在报纸上看到79路在一个雨天出了车祸，地点在公园附近，躲一辆摩托车，冲上了旁边的人行道。不过幸好，没有死者，只有伤员，轻伤。我不知道这车是不是唐师傅开的，我觉得肯定不是，他不爱闯。

我在79路上遇过一次灾难，不过和唐师傅无关。那天晚上，小卫说，85路的曹师傅，孩子刚考上了交大，整个单位都在传，她说完看着我俩笑，说我们到时候也考个交大复旦，让她也沾沾光。我们都羞得不好意思。唐师傅还在前面大声附和，交大复旦算什么，考个清华玩玩。

这时候班主任上车了。月光打在她的眼镜片上，反着白光，像狼人要变身似的。我们俩被抓了下去。在那以后小卫和我们聊天声音就变得很轻，唐师傅听不见，更插不上嘴。也好，安全。

我到现在都不知道班主任是特地来抓的还是凑巧碰到的。第二天我们被带到办公室里去受教育。几个礼拜后的年级大会上，教导主任强调禁止早恋，好多双眼睛转向了我们，像聚光灯。在那以后很长一段时间，我们再没有一起坐过79路，她说她怕。而不在79路上的她，再也没有哪双手可以在害怕的时候紧紧牵着了。

她说她要写一篇小说，小说的结尾我们一定在一起。说这话的时候我们已经重新坐上了79路。我们后来分手的时候，不知道她的小说有没有写完。她连开头都没给我看过，也许压根没写，所以现在轮到了我写，不过结尾却不像当初说好的那样。

应聘结束以后，我顺便回学校看了看。门口的喷泉还是很清澈，梧桐也刚刚裁剪过，整齐得很，像两排仪仗队。门卫处的黑板上写着快递收件人的名字，上面有班主任，我依然怕遇到她，便打算离开。门口正好停下公交车，我看到了一对情侣，隔着人群，前后分开地走了下来，他们做得很像，男的在后面走得很慢，抬头挺胸，大义凛然，但我一眼就看得出他们是情侣，无须验证，我就是证据，活化石。新的公交车叫康卫专线，我记住了，多好记，康平中学，小卫姐姐。

高考落榜的时候唐师傅和小卫和我俩吃了一顿最难吃的夜宵。就在车站旁边的，叫什么烧烤我忘了，烤虾是酸的，烤肉是臭的。小卫说，如果陆师傅在，一定会掀翻了这桌子。唐师傅一面吃，一面表示同意。我喝了好多酒，流了好多泪，她劝我别喝了，她说会等我。我继续喝。小卫说了一个她女儿的故事，内容不记得了，不过她女儿的学校不是很好，对我并不见效。那之后我再也没来过这家烧烤店，也再没见过小卫和唐师傅，因为复读的地方不在这里。

那天回家以后，她给我发了一条彩信，是一个加油的姿势，握着拳头，紧蹙眉毛，做出奋斗的样子，并附上短信说，她会一直等我的。

毕业以后的同学聚会，我们俩都没有去过，因为她要让给我去，我要让给她去，总之是不能见面，结果就两个人都没去。最近的一次，我去了，因为我觉得我已经看开了，这些都是往事，往事都会随风。然而她仍然不见踪影——并同那个曾经和我很要好的兄弟一起消失。我看到他们在网上甜蜜的留言以后，一言不发地离开了她，她也没再找过我，这就是我们之间的默契。一直到今天，我们都没有再联系过。以后，大概也不会，我们就这样在彼此的生命中消失，和消失的浅蓝色79路公交车一样。

值得一提的是，后来我考上了交大，可惜小卫姐姐和唐师傅应该是不知道的。刚考上那时候回去过，一上车看售票员不是小卫，司机不是唐师傅，坐一站就下了。去过几次，都没见成，后来自己忙起来，更没去过，也不知他们现在怎么样了。

昨天和现任的女友坐在咖啡厅里，在窗边意外地看到了绿色的79路车开过，方方正正的，比以前的样子当真气派多了。我的神情大概一时有些惘然，女友问我怎么了。我定了定神，说："没什么，想起了一些往事而已。"

■ 在 我 失 恋 后
最 难 过 的 那 段 时 间 里

2013年7月19日的晚上，我和女友在上海体育场的看台上，看着漫天蓝色的荧光棒，心潮澎湃。她在我身旁，随着阿信的歌声一同呐喊，跳跃，手舞足蹈，心花怒放，别过头来看我时，却一下子惊呆了。

"你怎么哭了？"她问。

是啊，我怎么哭了。

毫不夸张地说，我在见到N的第一眼时，就爱上了她。当然，这是因为人家长得漂亮，不过我身边认识她的朋友都对我说，她虽然漂亮，却也没漂亮到使我这么迷恋的地步。我不知道该说什么，但是心里有点沾沾自喜，因为那或许意味着我对她的这种感情是命中注定。我喜欢这样的命运，喜欢这样将我和她两个人绑在一起的命运，尽管这命运也曾给我带来巨大的痛苦。

我虽然对N一见钟情，却始终没有追求过她，原因主要有两个。其一，从我认识她那天起，她就已经有了男朋友。那是她们学院的一个学长，大她一届。长得很白净，戴着一副半框眼镜，看上去很斯文，却不显得孱弱，专业成绩排名年级前十，却不是书呆子。我嫉妒他，我不嫉妒他的优秀，只嫉妒他是N的男朋友，但我同时祝福他，祝福他能给N永远带来幸福。

第二个我不追求N的原因是，她喜欢五月天，而我不。我不明白他们嘈杂的音乐中藏着什么令人感动的东西，并且这么一大把年纪了还在蹦蹦跳跳唱着高中生般的爱情，这也让我很难理解。她为此和我争论很久，并总是试图改变我的音乐取向，孜孜不倦。她把五月天的歌分类打包发送给我，有"励志类""爱情类（安静）""爱情类（热闹）""人生类"等，还时不时地问我，这首歌听了没有，感觉怎么样，是不是很厉害。

如果那段时间里我突然想她了却不知道该说什么，我就会发消息告诉她说："刚刚听了《疯狂世界》，这首挺不错！"然后握着手机，静静等待着那一声必将到来的振动。"她一定会说'是吧，是吧，我也超喜欢那首！'"我一边这么想着，一边反复打开手机查看有没有消息，而当手机屏幕终于亮起时，我刻意不急着打开它，而是注视一会儿那美丽的消息提醒，像品尝一颗甜美的糖果，慢慢地点开她发来的消息：

"何止挺不错啊，这首超好听的好吗！"

我心里升起浓浓的暖意。

但暖意仅止于此，我所能做的也仅止于此。我不能要求和她见面，更不能给她打电话，我心里总有一个声音，反复地告诉我：她有男朋友，她有男朋友。这就像是一句恶毒的咒语，时刻提醒我，N对我来说是多么遥远。无论她对我说什么，无论她的语气多么兴高采烈，那也丝毫不能证明她对我有什么好感，而我与她有什么可能。我曾经多次想过，既然事已至此，不如索性把她抢过来，然而我做不到，因为那必将使她难过，至少在一段时间里难过，而我舍不得她难过。

我只能在寝室里不断地听着她给我的歌曲，想象着她在听这些歌时的样子，她那青涩的过去，仿佛我都能在这些歌声里听见。在因害怕而不敢打扰她的时间里，这渐渐成为一种特殊的约会，我见不到她却依然心安的唯一方式。

然后我便听到耳机里传来这样一句歌词：

"黑暗中期待光线，生命有一种绝对。"

我忽然感到心口一震，我终于明白自己那无可名状的心情被歌词击中是什么样的感觉。

"《生命有一种绝对》写得真好。"我看她电脑上的通信软件在线，便壮了胆，发消息给她说道。

没过几秒，她回道："这首歌我听哭过。"

然后她便告诉我她和她男朋友的故事。他是她的高中学长，他们的恋爱从高中就开始了。和所有的恋情一样，头几个月，甚至整个第一年，他们几乎都沉浸在恋爱带来的美妙里，没有任何不快，美好得仿佛一辈子都会这样，双方都觉得对方是自己命中注定要在一起的伴侣，而命运也很幸运地安排他们进了同一所学校。然而热恋期总得要过去，总有一个人会首先变得冷漠起来，而在他们这一对里，这个人是那学长。据N的说法，他是一个十分强势的人，从来不许N单独和某个男生吃饭，除此以外，也常常会因为在一起时间久了而不注意言辞，吵起架来会说出十分恶毒的话。

听到这里，我义愤填膺："怎么能这样！"

她接着说道，这些她也都习惯了，甚至她后来自己觉得，可能她所迷恋的就是这种强势的性格，这是她骨子里所钟爱的男人的特质，尽管这特质给她带来的也并不全是幸福。

我心里百感交集，反复对照自己，发现自己不是这样的人，感到失望，便问她："那既然如此，习惯了不也就没事了吗？"

她说："可是前提是他得爱我啊。高中的时候，他每天都会写信放在门房间，我进校门第一件事就是去门房间拿信，然后在上课的时候偷偷打开来读。我那时候甚至还抱怨，他怎么总有那么多话可以说，居然每天都写，每天。可现在他甚至连短信都发不了几句。"

我心想，这男人真是暴殄天物啊，我要是她男朋友，一辈子都不会做出这样的事来。然后不住地为N感到心疼。

她接着说："我知道热恋期总要过的，也知道他变得越来越忙，可我现在只是要求他每天和我打一个电话而已，但他总是说自己忙。就算有时候打了，也常常没说几句就开始吵架，我现在想起来都觉得难过。那段时间我就经常在夜里一个人听歌、上网、看剧，有时差点以为自己就这么失恋了。"

看到"失恋"两个字，我心里一抖，我分明感到，这一抖里，有一种幸灾乐祸的成分在。我第一次觉得，似乎她变得不那么遥远了，如果我伸出双手，或许真的会有机会。或许。

"不过度过那段时间也就还好啦，"她说，"也有可能真的是习惯了而已，所以我对那首歌里两句歌词特别有感触。"

"哪两句？"

"靠近我，再拥抱我，请不要让我的心冷却。"

有时我觉得，其实这些歌词没有什么大道理，只是身处感情旋涡里的人们总会有一个隐蔽的弱点，只要戳中那个点，再浅白的歌词也会催人泪下。那天N和我聊到凌晨三点多，这是她第一次和我聊这么久，而在那之后，我们之间的往来也开始渐渐频繁。我开始不停地关注我的通信软件和手机，在这充满等待的时光里，我变得更为依赖她，也变得更为多愁善感。我总觉得自己似乎能够看见那黑暗中的亮光，却又时常怀疑那亮光终究只是一场幻觉。

直到有一天晚上，她问我："现在有空吗？"

"什么事？"我说。

"能不能陪我说说话。"

"说吧。"

"我想去湖边一边走一边说。"她说。

我们学校有一片很大的湖，有四五个足球场那么大，湖周围种着各种青葱树木，那时适逢春天，柳条垂到湖面上，像一只只正在戏水的美女的嫩手，叫人看了春心荡漾。由于此地环境优美，又有多张长椅面湖而设，这里成了每一对校园情侣的约会圣地。她为什么突然要和我去这里聊天，我不得而知，但是再迟钝的人也能隐约感觉到，她一定是遇到了什么不开心的事，而且是非常不开心——因为在那以前我们都很少见面，最多也就打打电话。

我循着一路灯光和月色，匆匆地来到了她寝室楼下，她没有化妆，气色不是很好，然而在我看来还是十分美丽，不，甚至由于她是第一次离我这么近，又是这样和我单独走在暖暖的夜色里，我觉得她变得更为美丽。

"你在寝室里干什么呀？"她欲盖弥彰似的首先开口言他。

"没什么——听歌啊。"我说。

"听谁的歌呀？"

"五月天呗，不然还有谁。"

"都那么久了，还没听完啊？"

"这么好听的歌，听一遍怎么够！"

她"扑哧"一声笑出来，然后说："那你一定听得很熟了咯？"

"可不是吗，我现在只要听个前奏就能知道是什么歌！"

她半仰着头看看我，笑着说："你可别吹牛，我随身听带着哦。"

"随时接受考验。"我说。

她"哼"了一声，然后调皮地扭头看回前路。

我们一路说着无关紧要的话题，不一会儿便到了湖边。

月光倾泻下来铺在粼粼的湖面上，像一颗融化了的心。我们绕着湖缓缓地走着，我最终还是忍不住问出了口。

"你这么晚找我出来，不会就是这样简单地聊聊天而已吧？"我说。

她低着头沉默了一会儿，说："他喜欢上别的女生了。"

我："……你确定吗？还是你自己瞎猜的？"

她慢慢地摇着头说："他自己告诉我的。"

"那……"我说，"然后呢？"

"我……我也不知道。"她的语气里充满着委屈。

我找了一张长椅，我们两个坐下来，当中隔着一个拳头的距离。我看着她伤心的侧脸，着实是无能为力。她从男友如何认识那个女生开始，一直讲到她和男友这段时间里每天不断吵架和争执，一时间气氛有些悲伤。湖面上的月光支离破碎，摇摇晃晃。我没有办法帮她去做什么决定，只能试着尽量使她不那么难过，她表面上看起来似乎也有所好转，然而我却仍感到她心里依然伤心欲绝。

"对了，你的随身听呢？"我说，"我们来听前奏猜歌名，看看谁更快！"

"好呀！"她用很愉快的语气说道，同时从包里拿出随身听，理好耳机线，一个听筒交给我，一个塞在自己的耳朵里。

"开始了哦？"她说。

"嗯！"

音乐开始响起，柳条也飘扬起来。

"这是《知足》！"我说。

她悻悻地切到下一首。

"《温柔》！"她激动地叫道。

又下一首。

"《超人》！"我说。

我和她就这样由一根细细的耳机线牵连着，好像这样就能代替了牵手。

她又换到下一首歌，钢琴前奏缓缓流出，我一时愣住。

"这首是什么？"我扭过头问她。

"《I love you 无望》"她说，"一首闽南语的歌。"

"不要切，"我说，"真好听。"

她点了点头，说："嗯。"她的长发遮住半张侧脸，路灯为她小巧的鼻子镶上了一层银色的膜。我们就这样把这首歌听完，她收起随身听，我陪她一路走回寝室。路过正好闭馆的图书馆，一群努力用功的学生从正门蜂拥而出，有的跨上自行车，有的结伴走路，有的高声吆喝，静谧的黑夜里，忽然变得热闹起来。

"谢谢你陪我聊了这么久。"她说。

"这没什么啦，"我说，"也没什么实质性帮助。"

"不会吧。"她说。

"什么不会吧？"我一时摸不着头脑，然而还没等我继续有什么反应，我就感到右手一阵温热，心里像通了电似的一个激灵，仿佛有一只调皮、小巧的动物钻进了我的手心里，紧紧地扣住我的手指。我至今都觉得这一刻是那样的虚幻，我做梦也没有想到，在这个毫无预兆的日子里，她会牵住我的手。

"没有啦，我们下次吃什么？"她突然转向我，异常高兴地说道。

我这时才发现面前走过她的男友，用一种很复杂的眼神看着我们，然后瞪着N，但是，他什么都没有说，什么也没有做，就这样从我身边擦肩而过，随即N便松开了手。

这一天是2011年5月14日。我一度以为，从这一天开始，我的人生轨迹会发生改变，我不断设想着他们回去后又进行了怎样的争执，那强势的男友会以怎样的话语中伤她。想到这点我就感到心疼，然而又情不自禁地从心底升起自私的火苗。我屡次想要联系N问她情况如何，却终于没有开口。那个夜晚我辗转反侧，难以入眠，我痴痴地想着今晚发生的一切，尽管仍为未来感到担忧，却总是有一丝幸福游弋在心口。

然而没过多久，这件事终究还是渐渐平息，他们又重新在一起。每一段爱情都要经历一些险阻，对他们来说，那只不过是又一个普通的险阻而已，只是由于我参与到了这次险阻中，所以它对我来说就不那么相同。N告诉我他们复合的消息后，我心里忍不住地泛起失望，却还是佯作很庆幸的样子，对她说恭喜之类的话。一时间我觉得自己有些可笑。

但是由于那一天我在她男友面前的出现，从那以后，我在他们的感情里稍微有了一点可怜的立足之地——他把我视为潜在的眼中钉，禁止N和我再见面。说实话，这反而使我心里有一丝暗喜，因为我终于在N的生命里有了一个特殊的位置。在她那触不可及的生命里，至少与我有过专属剧情。我想，即使我永远都没有办法和她在一起，哪怕仅仅是这样曾在她的感情世界里，独一无二地发生过微不足道的交集，我也感到知足、甜蜜。因此我永远记得那一天，2011年5月14日。美好的事全都发生在五月。

2011年7月，N的男友大学毕业，8月去了美国留学。N对我说，明年的这个时候，她也会去美国，和他一起在那边读书、工作。我对她说，能有这样一个可见的未来真的挺好的。说这句话的时候我心如刀绞。

那男友去了美国没过多久，就又与N发生了矛盾。N向我诉苦，我们又一次绕着湖边开始走路。她告诉我他们的事，而我却想着我们的事。有无数个瞬间，我想像偶像剧里那样将她靠在墙角，告诉她，不要去美国了，和他分手，和我在一起。然而我始终没有那样做。我一遍又一遍地逼迫自己成为N所喜欢的那种强势的男生，但是我依然没法做到。或许在我的心里，根本分不清何为霸气，何为鲁莽？那一路上我在内心反复地纠结，终于鼓起勇气问她：

"喂，你10月5号晚上有空吗？"

"5号？应该有吧……怎么了？……哦！那天有那个！"她说，"滚石的三十周年纪念演唱会！"

"嗯，五月天也会来。"我说。

"对啊对啊，好想去听！"她兴高采烈。

我深吸一口气，说："我们一起去吧。"

我原以为她会权衡良久，没想到她不假思索地一口答应，倒是令我始料未及。

10月4日晚上，我因为第二天这重要的约会而兴奋到失眠。5日一大早我就起了床，在全身镜面前试了十几件衣服，仔仔细细地将下巴刮得比玻璃都光滑，然后抹上发蜡，对着镜子横竖摆弄头发，向包里装了纸巾、指甲钳、水等物品，以防万一她正好需要。最后我拿起早就在网上订购的两张演唱会门票，小心翼翼地放到包的最里层，穿上鞋子出发了。一路心情忐忑，宛如有四只轮胎在我心里上下颠簸，这一次我不愿再做一个退缩者，我将趁着这段她和男友冷战的时机，一举踏出重要一步。尽管我仍未想好晚上要不要对她表白，然而有一个目标方针已经板上钉钉：一旦有机会，我将不遗余力。哪怕今晚不说，明天我也会继续找她聊天或者约会，明天没机会，后天仍将继续。我心里下定了决心，不再任我的命运被她和那个混账男友摆布，我要自己追求我的幸福。

演唱会下午四点开始，因此，我们说好先一起吃午饭，然后聊聊天，或者随便逛逛，到了三点多的时候就进入会场。她那天穿着一件翡翠绿的长袖上衣，戴着一对闪闪发亮的银色耳环，显得光彩照人。我坐在她的对面，看着她，心里升起彩色的泡沫。那天一切都很顺利，直到她摆在桌上的手机发出一声振动。

　　她拿起来看了一眼，愣了几秒，然后说："他给我来信息了！"

　　我心里咯噔一下，说："说什么？"

　　"他要和我谈谈。"她一面拿着手机回复，一面对我说道。

　　"嗯，你慢慢来，看看他会说些什么。"我说。

　　过了一会儿，手机又振了一下。

　　"他说要和我视频说。"她说。

　　"可是现在在外面，怎么说？"

　　她看着我，不说话，然后又低下头，打了一些字，又删除掉，她的神色变得紧张起来。

　　"我骗他说我和家人在外面，现在有事。"她说，并且又开始重新打字。

　　"他会信吗？"我问。

　　她停止了打字，焦虑和无奈都写在脸上。

　　"你回去吧，"我说，"快去找他视频吧，说不定他这次是真的想通了。"

　　我觉得这是我活到现在做过的最愚蠢的一个决定。

　　当然，在她离开以后，我一度奢望那次视频以决裂告终，他们彻底分手，干干净净。然而事实再一次告诉我，在他们之间，我就是一个可笑的旁观者。他们就像一对认真下棋的高手，我站在一旁屡次想要加入，但这盘棋只允许有两个玩家，而他们恰巧棋逢对手，不分高下，而我一点机会都没有，只配看。后来我拿着那两张扎眼的票子在饭店附近晃了半天，直到演唱会开始，我听着会场里人声鼎沸，却始终没有进去。我坐上车回了家，一路上将车票统统撕毁。后来N想要补那张票的钱，我告诉她不用了，我找了另一个朋友陪我一起去看，他把钱给我了。

N很高兴地说："是吗？那太好了！演唱会怎么样？"

我说："可棒了，我和朋友都兴奋得要死，阿信太帅了。"

那次以后，我就再也不敢鼓起那样的勇气。只要陪着她就好，我想，哪怕只剩这最后一年的时间，哪怕我能做的也不过是陪她说话而已，哪怕她从来不用暧昧的眼神看我，只要我能够默默地注视她的侧脸，我都觉得已是万幸。能牵过她的手，哪怕只有一次，我也觉得足够，足够让我回味一生。

朋友安慰我说：很多时候，男人需要的是得不到一个女人。

第二年我们进入毕业季，5月的时候，毕业生们团聚在湖边的大草坪上，自发跑上露天舞台唱歌。我和N一同看着一个个男生从草坪上站起来，被身边人起哄着推上舞台，唱着真挚却走音的歌，我俩一起发笑。N叫我也上去，我看了看她，说："那我上去了哦，你不许嫌我唱得难听。"

她说："不嫌弃，快去呀。"

于是我站到舞台上，看着台下穿着长裙、楚楚动人的她，悲伤不住地涌上心头。

我忍住了眼泪，平静地说："下面为大家带来一首歌，希望能够喜欢。这首歌叫作……"

我注视着她脸上期待的神情，说："《I love you 无望》。"

我至今都没敢告诉她，这首歌里所唱到的一切，都是我想对她说的话。我也不知道她是否曾有那么一刻觉察到，我在唱这首歌的时候，是如此地渴望上前抱住她，再也不放。她毕业以后如愿以偿地去了美国，和她的男友重新团聚，和我的联系逐渐减少，直至几乎完全没有。我想她现在一定很幸福，要不然的话，一定会找我诉苦的。

在她离开以后，我又遇到一个喜欢五月天的女孩子，我一直以为我对她的感情和N完全没有关系，直到那天我们一起去看了演唱会，我才发现原来N从未在我的生活中消失，她一直都在，一直都在我的心里，我的灵魂里。我有时觉得这样是否对不起我的女友，但是旋即被我否定了。我告诉自己，我心中总得有一个尚未崩坏的地方，不是吗？

时光飞逝。2014年3月15日，我收到一条来自N的消息，她告诉我她今年将要与男友在芝加哥举办婚礼，时间是北京时间的5月1日。她说她安排在这个时间是为了让国内的亲戚方便飞来参加。而我则对她说，原来不是因为五月的第一天啊。

她在通信软件里打了"哈哈哈"三个字，然后问我："你来吗？"

我点上一支烟，慢慢感受自己的眼眶渐渐湿润，然后在键盘上打下两个字："不了。"

　　"为什么啊？"她很惊奇，也很失望。

　　我告诉她那天公司有事，要出差。我告诉她我的女朋友在国内，我出国参加你的婚礼，对她不好交代。我告诉她，你现在才告诉我，办签证都不一定来得及。我告诉她，我怕迷路。

　　但我自始至终都没有告诉她，因为我爱你。

蜜月

在 我 失 恋 后
最 难 过 的 那 段 时 间 里

奚诚在飞机上发现了一位非常动人的空姐，这空姐大概对奚诚也有点意思，眉目之间总在传递着什么"恋爱的讯息"。举手投足间，一个擦肩，一个手指的蹭触，一杯饮料的温度，一次眨眼的速度，在这两人之间都显得分外敏感。在这个严谨和静谧的机舱里，他们之间的交流只能剩下心动和眼神。而当空姐将餐车推向后方，渐行渐远时，两个人内心里都充满着不舍。

但奚诚的左边，坐的是他新婚的妻子，这趟航班，是他们婚后前往一座度假小岛的蜜月之旅。这意味着，奚诚无论再怎么喜欢眼前的空姐，无论和她有多么一见钟情心有灵犀，都无法做出一丝一毫的表达。奚诚的心里很矛盾，他既不想辜负自己的妻子使她失望，又不愿错过眼前的女人，该怎么办呢。

"还是算了吧。"他想，"还是本本分分做个好男人好丈夫，规规矩矩地照顾自己的妻子吧。不要冒险泡这个空姐了，一个男人应该对婚姻负起责任来。"他对自己说道。

但是他心底的另一个声音又开始响起："可是我的

人生难道就这样了吗？一辈子就和这一个女人上床吗？那样的人生将会多乏味啊。现在难得见到这么一见钟情称心如意的姑娘，要是错过了我将会有多后悔啊。不管怎么样，去认识认识，也不算出轨吧？"奚诚开始犹豫了，"退一万步，就算和她真的怎么了，我的心仍属于我的妻子我的家庭，我对别的女人好难道就意味着对自己的家庭不好了吗？不是的不是的。所以为了让我的生活更丰富更精彩，还是去试一下吧！"

很显然，后面那个声音盖过了前面那个声音。奚诚做好了心理准备，看了看旁边正在读书的妻子，心中暗自摩拳擦掌，准备去——猎艳一番。在他的观念里，和别的女人难得地搞一搞未必是对婚姻的不忠诚，就好比一个马刺队的球迷难得地去看了一场湖人队的球赛，毫无错误可言。

当空姐再一次和他擦肩而过走到机舱后面时，奚诚对着旁边的妻子轻声说："亲爱的，我去上一下厕所，很快就回来。"妻子笑着说："嗯。"然后两人轻轻一吻，奚诚便向机舱后面走去。

奚诚走后，他的妻子，赵琼，依然坐在位子上恬静地看着书。突然一个男人坐到了奚诚的座位上，温柔地对她说："小姐。"

赵琼从书中回神，抬头一看，眼前这人年纪不大，却留着半个下巴的小胡子，戴着一顶夏威夷圆草帽，一件蓝色的牛仔背心看上去青春有活力，整个人打扮十分潮流，是赵琼喜欢的类型。

赵琼说："请问，有什么事吗？"

小胡子拿起手中的相机，笑着说："能帮忙为我拍张照吗？就这个角度。"

赵琼接过相机，欣然答应。

快门一闪。

小胡子拿回相机，看了看照片的效果，啧啧了几声，说："拍得真好，你学过摄影？"

赵琼笑着说："大学里学过一点，你是旅行家？"

他说："算是吧，我是个摄影爱好者。这相机用了三年了，像我的老朋友一样。你看，这些都是我的照片。"说着把相机拿到两人中间，翻看曾经拍过的照片。

小胡子的摄影风格多变，构图的逻辑有种说不出的诡异和新鲜感，这让曾经想成为一名油画家的赵琼兴奋不已，她对很多照片都产生了浓厚的兴趣，有时还盯着一张照片观赏良久，然后惊奇地问小胡子这种视角是怎么拍出来的。两人说说笑笑，突然翻到了一张赵琼凝望飞机窗外的照片。

赵琼很吃惊，问道："这张你什么时候拍的？"

小胡子说："你刚才看书看累了，就往窗外望了会儿，就那时我拍的。"

赵琼问道："你……你一直在关注我？"

小胡子说："是的……我就坐在你前面几排的位置，你一上飞机我就注意到了……我想，我可能爱上你了。"说着牵起赵琼的手，羞赧的神情中有一丝淡淡的微笑，眼睛里投射出爱慕的光。

赵琼本应断然抽出手来，告诉他不可以这样，可是她不知怎么的也犹豫了。她心里是很爱奚诚的，但是奚诚那比万花筒还花的眼睛总让她得不到十足的安全感，她心里总是有种奚诚背着她和好几个女人有染的预感，尽管有时这预感空穴来风，有时却也并不是没有来由，总之，这种感觉常使她惴惴不安。当她抱着奚诚的时候，甚至都不知道曾经有多少双手在这片皮肤上停留过。这种怀疑，在赵琼心里的某一处角落，怎么都消失不去。

她和奚诚也为这方面的事吵过架。她总觉得奚诚对于异性的亲密程度超过了底线，但是奚诚和大多数男人一样，只要没有被当场捉奸，就坚决矢口否认，长此以往，赵琼心里渐渐生起了另一种思想：以彼之道，还施彼身。既然奚诚这样，那么当赵琼的机会来临时，她也没有必要为了避嫌退让到什么地步。

而此时此刻，便是那个机会。

当她心里的这一部分归属被小胡子彻底俘获时，他们已经在飞机上有说有笑地聊开了。

与此同时，奚诚在机舱后面已经和空姐搭讪上了。

搭讪这种事，对奚诚来说，实在是小菜一碟。三句两句，那位空姐就已经和他开始不自觉地打情骂俏起来。

为了讲话方便，他们一起进入了机舱后面的厕所里。两个人一进厕所，就如胶似漆，黏在了一起。奚诚心里无比地爽快，很多时候男人或许就是迷恋这种偷腥得逞的快感和刺激感。而空姐也似乎很享受这一切，是啊，生活的魅力，有时正来自这一刻的放纵，就那么一刻，突破了道德社会所有的限定和规矩，画龙点睛一般，让冗长的生命不那么乏味。

生活就是这样，大部分的时间都枯燥得如同排队买票，而真正享受娱乐项目的时间，永远都是一刹那而已。

一番云雨过后。奚诚心里产生了巨大的满足感。眼前这个姑娘温柔，年轻，优雅，开朗，和得理不饶人、身材已经开始走样并且时而骄横无理胡搅蛮缠的赵琼比起来，简直就是一对反义词。"这才是我最理想的妻子。"奚诚心里想。他的心里冉冉升起一种想要永远得到这个女人的渴望。

而空姐对他，自然也是倾尽了感情。这场几乎从眼神直接进展到肉体的爱情，不可思议地在这个五千多米高的飞机上悄然发生了。这两个人没有坦白过自己的过去，没有介绍过自己的喜好，甚至都没有几句言语交流，却都爱上了对方，并且心照不宣地相信对方也爱上了自己。

于是又顺其自然地开始了第二番云雨。

而赵琼和小胡子的谈话已经深入到了过去、现在和未来的一切。小胡子把他的旅游经历讲小说一般地娓娓道来，绘声绘色地描述了他是如何在丛林里拍摄一头十米之内的孟加拉虎，如何在沙漠里被一头骆驼抢走了所有行囊，以及如何在参军的时候目击自己的战友被子弹贯穿了胸膛——在那之后的两个月里，他没有和一个人说过话。

赵琼则与他分享曾经交往过的一个混账男友的混账事迹，这个男人在外面赌博酗酒，骗走了赵琼家的财产，在一个冬天不辞而别，为此赵琼甚至一度患上抑郁症，后来结识了奚诚。某种意义上，正是奚诚对她的追求和关心，治好了她的抑郁症——而这些事，奚诚自己都不曾知道。

两人在感慨双方竟都有过抑郁经历之后，又开始转而攀谈油画和摄影艺术。什么卡拉瓦乔，什么巴比松画派，什么霍夫梅斯特兄弟等等等等，都侃侃而谈。赵琼觉得能有人和自己分享这些的感觉实在是太美妙了，而奚诚根本就不会和她谈论这些，甚至当赵琼在讲到这些的时候，他连听都不愿意听，只会把电视的声音开到最响。或许小胡子才是最懂她的人，赵琼想，心里对小胡子的好感渐渐又多了一分，两分，三分……而小胡子握着赵琼的手一直都不曾放开。

他们的经历是如此和而不同，他们的谈话是如此投机，这让他们无法不对对方更加吸引。

或许，这也是一种爱情。

那一边，奚诚和空姐如火如荼。奚诚的心理却开始慢慢发生了转变，随着对这个女人一步一步获得了完全的占有权，他对她的珍视感也一步一步的减少，直到现在，他发现，他其实从未爱过这个空姐，所有的错觉，都来自想要和她做一场爱的欲望。而当他的一切目的都达成以后，此刻，失落的情绪隐隐袭来。巨大的满足之后必然带来巨大的空虚。他觉得他在拥有她以后，除了那一刻的成就感以外，也无非就这样。一切都无非就这样，她的身体，她的美，她的温柔，年轻，优雅，开朗，无非就这样。他突然发现这个年轻的小姑娘最佳的定位不是妻子，而是偷腥的对象——如果每当他心里有点拈花惹草的欲望时，能有这样一个女人出现，是再适合不过的了。除此以外，还是和赵琼在一起才会使他心安并且愉悦，尽管赵琼得理不饶人、身材已经开始走样并且时而骄横无理胡搅蛮缠。感情基础这四个字，就是在这种时候，才会让人如此深刻地觉察到。

或许，这只是他当下的想法。当他又回到赵琼身边时或许心里又会开始无比想念这位美丽的、合适的、已经无可救药爱上了他的空姐。

他说："我们是不是待得太久了，你再不出去要被乘务长发现了。"

空姐流下眼泪，说："能不能告诉我你的名字？我会再来找你。或者你来找我，我叫……"

奚诚用手堵住了她的嘴，说："千万不要在观赏烟花的时候，告诉自己眼前的东西叫作硝酸钙。那会多么扫兴。"说着开始穿起了衣服。

空姐抱住他，说："不要走，好不好。"

奚诚犹豫了，他挡不住这个女人的柔情和美丽，执着与爱意。如果和赵琼不是结婚而仅仅是谈恋爱，他或许会毫不犹豫地丢下赵琼转而牵起空姐的手。他自己都怀疑这是一份什么样的感情。他贪婪地希望整件事情的结果是自己带着这两个女人一起去度蜜月，但很显然这是不可能的。他开始迅速思考有没有希望偷偷地把她当小三秘密地包养着。他觉得这是一件多么刺激、有趣、有挑战性并且自己能胜任的事。这是一个多么危险的决定，但是奚诚乐此不疲。

奚诚温柔地抚摸着空姐的脸，在他几乎要说出口提出这个要求的时候，他脑中忽然浮现出赵琼的脸，她难过时的脸，吵架时的凶悍，撒娇时的温柔，像一块石头似的，压住了奚诚心中几欲喷薄而出的欲望，接着又浮现出一个又一个交往过的女生，她们分手时候有多么痛苦，有的发了毒誓诅咒奚诚，有的抱着他死都不肯放手，有的当面若无其事却在背地里哭得一片凄惨，最后他瞬间又想到了婚礼的场景，金色的大厅，穿着婚纱的赵琼，比起很多相亲两个月就结婚的人，奚诚在念誓词时，绝对是怀着百分之一百二的诚意，他曾告诉自己要真心对赵琼好，对这个家庭好，要做一个好男人。

而在空姐看来，奚诚看着她沉默了很久。她不知道，奚诚那双深邃的眼睛里，闪烁过的无数个女人，都曾像空姐现在这样，满怀爱意地凝望着他，期盼这个男人会给出令自己幸福的回答。

而一如既往地，在闪烁了这么多女人以后，奚诚的神思终于回到空姐这边，轻轻地告诉她："不好。"

奇怪的是，此时奚诚的心里，居然有一丝异样的心痛。

他拿开空姐的手，自己穿好了衣服，适才的心痛越来越深刻，他觉得眼前这个女人仿佛承受了他所有前女友的伤害，他现在有多想抱着她答应和她在一起，就有多不忍心最终丢下她让她再次承受伤害。他有千言万语想对她说，却都吞进了肚里。或许作为一场烟花，他们彼此都闪耀了太久。

奚诚忍着不舍，开门走了出去，一句话都没有说。

空姐独自一人在厕所里流着泪，不再挽留。

即使事情发展成了这样，她心里仍然相信，他对自己，有爱情。而奚诚在回去路上每一步的不舍，也都更让他清楚，他对她的感情，没那么简单。或许很久，很久以后，奚诚会发现，并不是他对她有多深的感情，而是他对逃离平淡安分的生活，怀有很深的向往。

画面回到赵琼处，她和小胡子已经接了一个长长的吻。他们的手牵得越发地紧。吻毕，小胡子拿出纸笔，写下自己的联系方式，告诉她，这是自己订的酒店，下了飞机以后可以随时去找他，他将会在那里待上一个月。

赵琼把纸条折了起来，笑着对他说："谢谢，我会的。"

小胡子站起身来，说："谢谢你的照片。我等你。"然后走回自己的座位，边走边给赵琼使了个调皮的眼色。

赵琼待他走远，看着折起来的纸条，犹豫良久，狠了狠心，将它撕个粉碎，塞进了座位的垃圾袋里。然后拿起书，继续阅读小说。

　　奚诚回到了座位上，小声对赵琼说："厕所排队人太多，让你久等了，亲爱的。"

　　赵琼紧紧拉住他的手，主动献了一个吻，说："没事，我爱你，亲爱的。"

　　"我也爱你。"奚诚认真地说。

思念相片

在　　我　　失　　恋　　后
最　难　过　的　那　段　时　间　里

与丈夫龙崎分居一个月，久美子并没有感到太多的不适应。

一个人的生活自由自在，每天早晨为自己做一顿丰盛的早餐，一边看着电视里的早间新闻，一边享用着美味的食物，接着看书、健身、与朋友聚会、画些设计稿，每一天都过得充实而有意义。尽管有时确实会感到寂寞和凄凉，不过她并没有太在意，而且也从不因为这个而考虑过让丈夫搬回来。这类事情上，她从不会主动服软。

本来就不是她的错误。

龙崎在为公司推进一项项目的时候，在客户单位结识了大学毕业生优子，两人由于工作关系，常常需要见面沟通，一来二去，情愫渐渐发生变化，碰面的性质也由此变得暧昧起来。等到久美子发现这件事的时候，却并没有如大多数女人那样歇斯底里。她坐在沙发上和丈夫讨论这件事的时候，平静得像是事不关己。

"你只能选择一个。"久美子说。

龙崎当下并没有回答她。

"如果你暂时无法做出决定的话，"久美子说，

"我们可以分居一段时间，等你考虑清楚了再告诉我答案。"

"这……"龙崎对妻子这样的反应很觉意外。

这近乎冷漠的态度的确令人不寒而栗。

——男人都是爱追求新鲜感的，久美子对此再了解不过。哪怕是结了婚，男人一时犯些迷糊也并不奇怪，大多不过是图个刺激，并非真的想要离婚另娶。若是因为这一点小事而贸然放弃婚姻，在她看来也并不能说是明智之举。但也不能完全坐视不管，于是久美子提出了这样的方案。

"好，那就按你说的做。"

一个月过去了，龙崎仍未联系她。

或许久美子的心中早已没有了期待。她看上去一点也不悲伤。

她每天仍把自己的事情安排得井井有条，自得其乐。然而在她的内心深处究竟是怎么样的，就连她自己都不太清楚。

——或许有一个人会清楚的吧。

一个周六的早晨，久美子如同往常一样，为自己做了一顿精致的早餐。她在餐桌边坐下，习惯性地拿起遥控器打开了电视。

雷打不动地，在这个时间的这个频道，播放着每一天的早间新闻。

"今天的煎蛋似乎做得有点咸了。"久美子在主持人清晰的播报声中这么想到。

"据最新得到的消息，在两天前发生空难的马来西亚航空客机上，所有乘客均不幸遇难。其中包括一名叫作‘诸星’的日本乘客，年仅三十二岁……"

"诸星……"久美子的心里忽然一震。

她放下餐具，抬头怔怔地看着电视屏幕，像是要急忙确认那并不是自己所认识的那个人。

可是电视上的照片无疑是他：棱角分明的脸庞、小却明亮的眼睛、笑起来如同春风般温柔——无论姓名、年龄、相貌，全都完全符合。

——而且如果不得不死于某一种事故的话，对于诸星来说，确实遇到空难的概率是最大的吧。久美子这么想道。

但是她的心里仍不能接受这个事实。

已经有七年没有联系了，再次听到这个名字竟是在这样的情景下。哪怕这是个只有过一面之缘的人也足以使人感伤，更何况这个人是他。

久美子一动不动地坐着，外面的阳光悄无声息地洒了进来。她走到窗边，看着积雪在阳光下渐渐融化，思绪飘到了遥远的从前……

"诸星……"

"啊，小姐，不好意思！能不能打扰你一分钟，为我填一下调查问卷？"久美子刚进大学没有多久，就在寻找自己教室的路上，被一个满面微笑的男人叫住了。

那段时间正是各类社团招揽新团员的集中期，除此以外，许多学科的研究项目也渐渐开始实行。校园里被各种各样的人叫住，并不是一件很意外的事。

——这样也显得校园分外热闹、充满活力，不是吗?

久美子接过调查问卷，看了一下上面的题目。

——不是很多嘛，看来一会儿就能填完。她舒了口气。

是关于校园活动建设的调查，总共五道选择题，久美子很快就选完了。

"啊，这里，填一下你的专业、姓名和手机号码，麻烦了!"那个男人指着问卷末尾处的地方说道。

"啊，十分感谢，那个……久美子小姐! 祝您一切顺利!"

——大学真是充满热情的地方啊。久美子看着那个男人继续分发问卷时的身影这么想道。

夜晚时分，久美子的手机忽然响起。

一个陌生的号码。

"喂，请问是久美子小姐吗? "这声音似乎有些熟悉。

"是我，请问你是……"

"啊，冒昧打扰，我是今天中午向你分发校园活动建设调查问卷的那位，我叫作诸星，今年大二，请多多指教!"

久美子想了想，眼前浮现出那个充满活力的小眼睛男生……

——至今还记得当初相识时的场景呢! 久美子坐在沙发上感慨道。

很快，诸星和久美子就开始了约会。和平常的约会一样，项目也无非是看电影和吃饭之类，连约会的效果也变得平常——久美子对诸星虽然不反感，却也谈不上多喜欢，或许是觉得他虽然热心，却太过简单，缺少男性的魅力。

不过诸星很快就被久美子的美丽和机灵吸引。

"欸？那个调查问卷根本不存在？"

"是啊。"诸星一面挠头一面笑着说，"只是觉得用这个方法能很快得到心仪女生的手机号码。"

——说起来，路边找人做调查问卷的话，确实不太会要求对方写上姓名和手机号码的吧？

"啊，原来是搭讪高手啊。"

"哪里，哪里，到头来，我也只拨通了你一个人的号码而已啊。"

"真的吗？我可不信。"

"是真的，因为虽然发了这么多问卷，可是要把那么多名字和真人对应起来也不是件容易的事。一天下来，我只能记住你。因为你是唯一一个我想要认识的人。"

"我没有那么出众吧……"

"不是的！你有一种特别的魅力，像清晨的古钟一样让我的心迎来全新的一天。我第一眼见到你时，就是这样的感觉。我从那一刻起就盼望着能够与你交往……直到现在，这份渴望越来越强烈了。"

诸星的双眼热切地看着她。

面对着突如其来的告白，久美子一时有些犹豫。

"或许……你该试试别人的号码……"

那时的久美子，在拒绝别人的爱意时，还带着一些少女般的青涩和不好意思。

诸星的神情一下子变得落寞，但是紧接着又露出了标志性的笑容。

"没有关系啊，如果你愿意与我做朋友，也足够令我高兴了。"

"做朋友自然是没有问题的。"

久美子也报以一个亲切的笑容。金色夕阳下，她本就精致的五官显得更加灵动和迷人。

虽然无法说出诸星具体有什么不好，不过若是要做男朋友的话，终究还是缺少一些决定性的优点。出于这样的考虑，久美子暂时做出了这样的回答。将来是否有可能迎来转机呢？当时她并没有想这么多。

收拾完了餐具，久美子便换上一身暖和的衣服，从储藏室里掏出一把小铲子，穿上鞋出了门。

这个时间，街道上的人开始渐渐多了起来，到处都是"刺啦刺啦"的铁器与路面碰撞的声音。人们有板有眼地弯下腰铲雪，那悠闲又繁忙的样子，让人想起秋收时的景象。

"哟，久美子小姐，今天还是很精神啊。"早在一旁铲雪的邻居们问候道。

"是啊，大家也一样。"

"今天天气真是不错，下了这么多天雪，难得出了好太阳。"

"是啊。"

"会让人情不自禁地高兴起来呢。"

"嗯……"

久美子低着头，用脚将铲子向下深深一踩，铲起厚厚的白雪，堆到路的两边。

在这样的日子里，她并不想与别人多说话。

那次表白被拒绝后，诸星和久美子的约会次数逐渐减少。

并不是诸星对久美子丧失了兴趣，而是出于对她的尊重。既然对方已经谢绝了交往，那就应该尽量减少暧昧的约会次数。

不过在这个界限以外，诸星做到了他所能做的一切：细致入微地向久美子介绍大学里的各项活动和课程，在久美子无聊时陪她聊天逗笑，临考之前为她在自修教室提前抢占座位，甚至当久美子生病时，诸星也总会在第一时间攥着药片出现在她的寝室楼下。

直到有一天，久美子交了进大学以来的第一个男朋友，两人的联系便慢慢少了。

不仅是因为诸星不想打扰陷入甜蜜恋情中的久美子，更是由于他自己也不希望在面对久美子时脑中出现"她已属于另一个男人了"的想法。

只有在实在忍不住思念的时候，诸星才会找久美子聊几句无关紧要的话。

——现在想来，那段时间里，诸星的内心应该忍受了不少痛苦吧……尽管当时完全没有对他多加在乎。

就这样，久美子的大学第一年很快过去。

暑假来临之前，久美子接到一通电话，许久没有联系的诸星邀请她同他一起登山。

"下学期开始要去美国进行两年的交流，恐怕以后与你见面的机会会越来越珍贵。想现在趁着最后一些机会，与你留下美好的回忆。"

——现在回想起这句话，就好像提前了好久的遗嘱似的。

久美子想了想，答应了他。

到了约定那天，久美子给男友打了一通电话，然后穿上跑鞋，背上轻便的双肩包，出门赴诸星的约。

"很好的女性朋友失恋了，要陪她打打羽毛球、谈谈心。"这是久美子对男友的解释。

——并没有什么特别的想法，只是以这样的说辞告诉男友，会免去很多不必要的麻烦。固然她并非一定要答应诸星的邀请，不过毕竟也是感情不错的朋友，一同登山的请求也不过分。久美子有自信把握其中的分寸。

通往山脚的公交车像迁徙时的犀牛一样，笨拙而快速地奔驰着。

车上的乘客并不多，诸星和久美子坐在第四排的座位上，腿上放着各自的双肩包。随着车辆前行，山脉绵延不绝地浮动着，山上大片的白色栀子花赏心悦目。诸星坐在靠着走道的一侧，这样当他望向窗外时，便可借机欣赏久美子的侧脸。

"最近怎么样？"

"还不错。"

尴尬的对话。

诸星紧张之余，只好用手拨弄着书包上的拉链。

"美国的交流是怎么回事？"还是久美子主动找了话题。

"啊，那是我们学院的一个项目，"诸星说，"去美国的M大学学习两年，毕业的时候就能拿到两个学校的学士学位。"

"很棒的机会啊，据说那个学校的经济学很有名。"久美子还记得诸星的专业是国际经济与贸易。

"没错，我毕业以后应该也会进入商社工作。"

"宏伟的理想。"久美子笑着说。

"久美子呢？你的理想是什么？"

"我嘛……"她想了想，"能够和心爱的人过上幸福安稳的生活就足够了吧。"

"听上去已经很接近了嘛。"

"哪里，路还长得很呢。"

下了车，没走几步，就开始了拾级而上的旅程。两人背着包，手拿水壶，并肩走着。一边走一边聊着各自的近况，不时开开玩笑，渐渐没有了刚见面时的尴尬，又同以前一样热络起来。不一会儿，两人的T恤都已浸

思念相片

透了汗水，登山的疲惫使他们心灵的距离更加靠近。

及至山腰处，台阶忽然变得陡峭和狭窄，仅容一人通过。诸星将两人的水壶都放进自己包里，自己先敏捷地跨了上去，接着转身朝后，向久美子伸出右手。

"来，抓住我的手。"

两手紧握，一借力，久美子也登了上去。

诸星感到手中暖乎乎的，一时没有舍得放开。

后面的路渐行渐宽，诸星见对方并无反抗之意，便始终牵着久美子的手，一直走到了山顶。各种贩卖饮料、提供照相的摊位映入眼帘，叫卖声此起彼伏，早已登顶的游客穿梭其中，一派热闹繁忙的景象。

"啊，这就是山顶的景色啊！"久美子松开手跑向栏杆，眺望着山下郁郁葱葱的树林。

在夕阳的映照下，树林显出绿中带橙的奇妙的色彩，暖风吹过，摇曳生姿，令人流连忘返。

诸星将水壶倒满了水，走上前递给久美子。

"两位年轻人，来拍一张思念相片吧！"在众多的叫卖声中，这个声音从很近的地方传来。

两人转身，一位手持老式照相机的老人面带笑容地看着他们。

"思念相片？"

"是啊，两人各拍张合照，当其中一人思念另一人的时候，被思念的人的照片里就会浮现出那人的样貌。"

"不是很有兴趣啊……"久美子说道。

"就是说它能感知照片主人的思念吗？"诸星看上去挺

好奇。

"这么说也可以吧。总之，最适合你们这样的小情侣啦！"

听到老人称呼他们为情侣，诸星顿时心跳加快，忙对他说："我们不是情侣啦。"

他的心里却暗自有些高兴。

"不过拍这样一张照片作为留念，也是可以的吧？"他恳切地看着久美子。

想到不久以后诸星就要去美国了，在这最后一面拍张合照，也没有不合适，久美子便答应了他。

"咔嚓"一声，从老人的相机里吐出两张照片。

每张照片都只有一个人，一张是诸星，一张是久美子。

"来，这张给你。"老人把只有诸星的那张给了他，"只有那位美女想念你了，你的这张照片里才会浮现出她的模样哦。"

"那要是我想她，我也会出现在她的照片里咯？"

"没错。"老人一边回答，一边将剩下那张照片交给了久美子。

"那我试试看！"诸星说着闭上眼，像是认真地在思考些什么。

"啊，真的有哎！"久美子叫道。

她手中的照片里，一个模糊的身影渐渐挡住了久美子旁边的栏杆，那身影很快变得清晰起来，呈现出诸星开怀的笑脸。他们并肩站在一起，身体间保持着暧昧的

思念相片

距离。诸星双手撑住身后的栏杆，略微仰起头无所顾忌地笑着，而久美子则更注意自己的形象，她用大多女生在镜头前一贯的、早已熟悉的方式展现出自己优雅的笑容。

"真的啊，好神奇！"

两人又试了好几次，验证了相片的真实性。

"要是对方不思念自己的话，合照也就失去了意义。相片的发明者是想传达这样的意思吧？"

"嗯。"

"可是谁又能一直想着对方呢，照片里的人果然还是独居的时间较多吧……"

"不会哦，我会一直思念久美子的！"诸星笑着说，"不会让照片中的你孤独的！"

"可是我已经有男朋友了哦。"久美子原想这么回答，却终究没有说，只是笑了笑。

——即使不说，诸星也明白的吧。

那天回寝室后，久美子把相片塞在了一本不起眼的书里——诸星有没有在思念她，对她来说，没有太多的意义。

诸星则将相片精心装裱好，带着一同坐上了前往美国的飞机。

在那以后过了很久，两人都没有再联系。

久美子一度以为这个人从此就会在自己的生命中这样匆匆走过。

——后来是怎么又联系上的呢？

久美子铲完了雪，回到家中心不在焉地穿衣打扮了一番，一面开车去与服装店的朋友商量新款春装上市的事宜，一面回想着这些往事。

只是三四个人聚在咖啡馆随便聊聊，并不是很严肃的会议。久美子已经在尽力使自己不表现出有心事的样子，但那些回忆仍时不时在脑海中翻涌。

"久美子小姐看上去有心事啊？"

"啊，没有，昨天没有睡好而已……"

她不太想让别人知道她的心事。

"还是要注意身体啊。"

咖啡馆门口的吧台上，挂着一架不小的电视机，音量被店主调得很轻，画面却清晰地播放着午间新闻。

久美子又一次看到了诸星的死讯。

姓名、年龄、照片……所有的信息又重复确认了一遍。

正是那个她所认识的诸星。他已死了。

铁一般的事实不容置疑。

久美子叹了口气，重新换了个坐姿，努力使自己进入工作状态。

诸星去美国后过了半年多，久美子与男友分了手。

在这之前已经发生过不少争吵，分手的结果在几个月前大家都已经心照不宣，只是直到那天才正式做出这个决定而已。

男友是比久美子大两届的学长，在话剧社团中认识。那段时间他正导演一部时代剧，准备在校园艺术节上演出。久美子在剧中担任一个戏份不多的小角色，排练的大部分时间，她在台下看着那些主角在导演的指挥下一遍遍走位、对词。导演工作时自信、认真的模样在久美子的心中留下了深刻的印象。某种程度上说，尽管最后仍然是导演主动追求的久美子，但实际上她在那之前早已芳心暗许。

恋情的初期总是充满甜蜜的。本来都是热爱文艺的人，谈起恋爱来自然更容易碰撞出浪漫的火花。然而当新鲜感一退去，紧接而来的，就是大大小小的矛盾和口角。

由于社团性质的关系，导演经常要和女社员们保持联系，这是无法避免的接触。无疑，这让久美子心中很不是滋味。男友自然坚持声称自己"只是工作往来而已，没有别的任何意思"，然而在久美子看来，许多事情他做过了头。两人心中的尺度迟迟无法统一，旧的问题尚未解决，新的矛盾又将开始，恋情的最后阶段，带给两人的只有无尽的争吵。

"宁愿这样争吵下去，也不肯做一点退让吗……"久美子委屈地说。

"我并没有做错什么，"男友说，"如果我真的移情别恋，早就和你分手了。"

两人就这么一直无法为对方妥协。

——如果是诸星的话，是不会发生这样的事的吧？

某一次争吵后，久美子的脑中忽然掠过这样的想法。

然而只是一刹那而已，她并没有继续想下去。

在后面的日子里，这样的想法又出现过几次，不过每一次都只是一闪而过。

不久以后，久美子正式与男友分手了，顺便也退出了话剧社。

回到寝室，她趁着室友们不在的时候，将头埋在枕头中大哭了一场。

——想找个人说说话。

不能是亲近的室友或朋友，这样自己失恋的事会很快传播开来。

更不能是老师或者父母，这只会让他们徒增担心而已，况且这点感情上的事在他们眼里或许根本无足轻重。

最好是与自己相熟的，但又与自己的朋友圈丝毫无关的人。

她想到了诸星。

——不行……太久没有联系了，一找他就是倾吐失恋的苦水，未免也太唐突和不尊重了。

——如果和自己在一起的是诸星的话……即使是他这样温柔的人，最后是否也会变成这样呢？

这种念头再一次出现。

又再一次转瞬即逝。

久美子最终决定听会儿音乐，独自一人排解痛苦。

正要戴上耳机时，她的手机响了。

——这号码是……

"久美子小姐，最近还好吗？"

诸星的声音。

"啊……诸星吗？好久不联系。你这是从美国打来的电话吗？"

"是啊，因为要和家人保持联系，所以开通了国际的通话业务。"

"这样……"

"你最近一阵子……是不是心情不好？"

"还好啊……为什么这样说？"

"因为看见你思念我的次数变得频繁起来，就在想……会不会是你和男友之间发生了什么事？"

——思念的次数？久美子忽然想起来思念相片的事。

——诸星在异国，一定常常在看着那张相片吧……所以才会清楚地知道最近我思念他的次数变多了。

久美子忽然感到一种久违了的温暖，几句寒暄后，将自己的心事缓缓道出。

"其实久美子需要的只是一种对方不会离开自己的安全感吧……"诸星听了她的叙述后说，"而并不是想要确认对方是否真的喜欢上了别人。"

——啊，就是这种感觉。

久美子的心思被诸星一说即中。

是自己一直以来的想法，只是从来都没有诉诸语言或结论，直到诸星点出，才感到"一点都没有错！正是这样"！

——已经好久没有这样被人理解了。

从那以后，他们又恢复了联系。发短信、打电话，尽管也不是很频繁，却着实让久美子很快从失恋的阴影中走了出来。度过了那段难熬的时间后，她更加积极地投入自己的生活中去，学习绘画和服装设计、同朋友旅行游玩。只有偶尔夜深人静的时候，她会感到些许的寂寞。

——谁都渴望被一个人关心的吧。久美子拿出夹在书中的思念相片……

——诸星也并不是一直在思念着自己的。想来也是，由于时差的关系，再加上他个人的学习生活，无时不刻地思念另一个人，本就是一件不可能的事情。不过只消久美子再多看上一会儿，照片里就总会浮现出诸星的样子。

无论多忙，他都会抽空思念着自己啊……

有时看见对方也在思念自己，诸星会高兴地主动打来电话，也有的时候，则是久美子打过去。

诸星从来都没有错过她的来电，也从来没有拒绝过，仿佛为了与久美子谈心，他永远都在地球的另一边，随时待命似的。

然而这样的生活没过多久，久美子又开始了新的恋情。

诸星与久美子又回到了那个几乎断绝联系的状态。

——若是当作普通朋友一样问候一下他，其实也不是不可以，只不过总觉得似乎有些不妥。

——还是彻底断绝联系比较好。

久美子的这场恋情，不久也结束了。原因是男友过分沉迷于赌博，自甘堕落。

后来久美子又交往过不少男友，也遇到过一些后悔未能在一起的人，以及还未交往就先被其伤害的男人。只是无论如何，结局都不甚愉快。可能世上美丽的女子，往往都要在情场上背负更多的艰辛。

每当久美子情场失意的时候，诸星都会陪伴着她。她把所有的心事都告诉他，把所有的信任也交付他，而诸星同样报以全部的温柔。在最寂寞的时光里，他们就这样成为对方最好的陪伴。两人的相片中，对方的模样不时地闪动，像夜空中两颗相距遥远的星星，就算夜再深、天再远，也依然彼此呼应着……

"不要怕，还有我在！我会永远思念久美子小姐的哟！"在久美子最无助的时候，诸星总会在电话那头这样说。

大学毕业后，诸星顺利进入了一家大型商社工作。

这份工作要求常年在外出差。没有什么特殊情况的话，每年只能回国一个月。

每年诸星回国的时候，最重要的事，就是约久美子见上一面。

久美子的情感生活依然起伏不定，只不过无论当时处于怎样的状态，一年一度与诸星的见面，她总是如约而至。哪怕仅仅是坐着聊几小时的天，也总比不见面要好得多。

咖啡馆里，诸星眉飞色舞地介绍着他去过的那些地方，在国外的经历使他的性格更加开朗、幽默——也或许他只是用这样的方式来缓解两人长久不见的尴尬。

无论多么亲近的人，久别重逢后，总会有一小段尴尬的时间。

但那段时间过了之后，就会回到最熟悉和舒服的状态。

诸星成熟了很多，工作的磨炼使他身上多了几分男性的魅力，一贯的温柔又显得他细心、优雅、体贴。两人每次的见面都在愉快的气氛中结束，甚至在离别时会感到依依不舍。

不是没有想过和诸星在一起。不过现在两人的轨迹已经完全不同了。久美子需要的是对方在身边的长久陪伴，而诸星却奔波在世界各地忙着实现他的商社梦想。

若要他放弃这份工作而回到自己身边，或许也不是不可能的吧？不过以久美子的性格，一定不会说出这样的话来。即使对方这样提出了，也一定会被她断然拒绝。

——终究还是要奔向两个方向的人啊。

——况且倘若真的在一起，恐怕结局难免会走向更糟糕的地方……

诸星每到一个新的地方，都会给久美子寄一张明信片。久美子把它们和思念相片放在一起，珍藏在一个精致的小盒子里。无论她与当时的男友关系多么好，都不允许对方打开那只盒子。只有当她重新恢复单身后，才会在难过的时候打开它，看看那些美丽的景色，以及相片上不时闪烁着的诸星开朗质朴的笑。

思念相片

最后一次见面是在七年前，还是那家他们常去的咖啡馆。

"难得天气不错，不如散会儿步吧。"

傍晚的时候，久美子破天荒地这么说。

以往的话，到了这个时候她总是不得不尽早回家。

"不用回去陪男友吗？"

"稍微晚一些没关系。"

他们一起走在一条清净的小路上。没走几步，就能看见远方的一座青山，栀子花如雪一般覆盖在山上，在夕照下影影绰绰。

那是他们曾经一起爬过的那座山。

"栀子花每年都一样开放啊……"

"'人面不知何处去，桃花依旧笑春风。'说的就是这种气氛吧。"

"不免有些伤感呢……"

"……"

诸星似乎预感到久美子将要说些什么重要的话。

"我下个月要结婚了。"

果然。

"恭喜啊。"

诸星的反应，像是早就已经做好了这样的准备。或许他很早就清楚，自己总要面对这一天的到来。

"谢谢。"

"我会删除你的联系方式的……"

"没有必要这样做的。"

"对我来说恐怕不是。"

诸星看着远方的天空，接着说："既然你已经找到守护你的人，我的存在只会给你带来不必要的麻烦。"

说的不无道理。

"那也没有办法了。"

诸星忽然笑了笑，说："不过相片我会一直留着。"

久美子也笑着说："希望不会给你带来不必要的麻烦。"

她转过身，轻轻地吻了诸星的嘴唇。

四片嘴唇快速地接触了一下。

算是某种告别仪式吧。

回家以后，久美子将装有明信片和相片的盒子放进了阁楼上的储物间。从那以后，无论那相片中又出现过多少次诸星的身影，久美子也都不得而知了……

如偏离轨道的行星一般，两个人的生活，再也没有了交集。

告别了朋友，久美子从咖啡馆开车回了家。

傍晚的阳光慵懒而强烈，让人想起那些栀子花开放的日子。

久美子没有做太多工作，却觉得异常疲惫。她只想赶快回到家中，一头栽倒到柔软的沙发中进入梦乡。

或者从梦乡中醒来——如果现在是梦的话。

久美子停好车后，打开家门，换了鞋，发现客厅的桌上放着一封白色的信件。一串钥匙压在纸上，防止被风吹走。

久美子：

所有钥匙已全部归还，有空时联系我，商量具体离婚事宜。抱歉，祝你好运。

——龙崎 留

久美子将纸条团了起来，扔进垃圾桶里，走进卧室，打开衣柜。

她将所有和丈夫有关的物品都整理了出来。

几天前她就打算这么做，但是终究没有做。

是还抱着一丝希望吧，哪怕再微弱。

久美子的脸上面无表情，似乎这件事反倒使她变得轻松。

她爬上阁楼，准备找些纸箱打包丈夫的所有用品。

却不小心碰到了什么东西。

一只精致的盒子。

久美子的心颤动了一下，青春的回忆再次涌上心头。

她小心翼翼地拿起盒子，走到客厅，用纸巾拂去积尘。

金黄的夕阳下，飞扬的灰尘清晰可见。

打开盒子，里面的明信片却还完好如初。上面印刷的景色亮丽如新，未曾有一丝褪色。

久美子一张一张地拿起来端详着，仔仔细细，生怕遗漏了什么细节。

每张明信片的背后，诸星都写着几句祝福语。为了不让她男友起疑，都是些再平常不过的句子。

"巴塞罗那的夏天很热，久美子也要随时保持着热情啊！"

"尼亚加拉大瀑布……简直太壮观了。久美子今后一定要去啊！"

"我在寒冷的莫斯科，久美子要加油！"

…………

久美子看着那热情洋溢的文字，不觉鼻子发酸。

结婚以后，也会时常想起诸星，但也只不过是想起而已，就和最初一样，不过是一掠而过的情绪。生活渐渐趋于平淡，对于诸星的怀念，也渐渐少了。直到龙崎发生了那样的事，又再一次想到诸星，想起他曾经带给自己的那些安慰和陪伴。

久美子忽然意识到，她之所以会和那么多男人分分合合，或许正是因为无论自己怎么落魄，总有诸星在背后默默地陪伴。但她从未想过，如果有一天她失去了诸星，那她该去找谁。

久美子继续翻着明信片，每读完一张就放在桌上，直到桌上的明信片堆了厚厚一沓。

最后一张是那张思念相片。

久美子慢慢地从盒中拿出相片，窗外的夕阳斜斜地洒进来，一如相片中的夕阳。

相片中的久美子恬静地站着，身后的景色依然美轮美奂，可她的身边只有空空如也的栏杆。

——这张照片，也失去了所有的意义了吧……

久美子的心中宛如被挖空了一大块。

忽然，相片中浮现出一个模糊的身影，那身影渐渐清晰，从脸庞到衣着都历历可见——诸星手撑栏杆，眯着双眼，在阳光下大大咧咧地笑着。

久美子揉了揉眼睛，确信自己看到的不是幻觉。

诸星的死讯，也是板上钉钉的事实。

久美子怔怔地想着，不觉心头泛起一阵悸动。

——这世界上最深的思念，究竟能够穿越多远的距离呢？

"我会永远思念久美子的哟！"从遥远的地方，仿佛传来诸星熟悉、开朗的声音。

灵感屋

在　　我　　失　　恋　　后

最　难　过　的　那　段　时　间　里

在从事文艺创作的人群中，不少人相信迷信和神秘的东西，我也是其中之一。不过比起鬼怪蛇神，我的迷信或许并不那么夸张——我相信我所居住的地方会对我的写作产生重大影响。具体地说，我认为灵感并不来自我自己，而是来自每一个住处，就像金矿中埋藏着金子一样，每一个住所都藏有灵感，而我每去往一个地方，就攫取其中所有的灵感，将它们化为文字后再前往下一个住处，如此奔波，已成习惯。直到我来到上海郊区一家不起眼的旅馆，住进了一间房间号为514的房间，不可思议的事发生了。

我在那里已经住了一个多月，这一个多月里，只要我一打开电脑，双手放在键盘上，各种神奇的故事就会自动流露出来，打进屏幕里，仿佛是有人抓着我的双手一般，与其说是我在写作，不如说是我在看着自己的双手写出自己也从未想到过的小说。那些故事奇妙曲折，寓意深刻，并且引人入胜，连我自己都不知道接下去会发生什么，然而只要我的双手仍在键盘上，手指就会不受控制地飞速打字，一段段跌宕起伏的剧情就这样展现在我眼前，让我惊叹不已，大开眼界。我写过不少小说，也去过不少地方，这是第一次遇到这么神奇的事，我自己都吓了一跳。

没过多久，我在这里完成了一部自己十分满意的长篇小说。说的是一个建筑师，为了实现曾经和初恋女友许下的誓言，在一个每天都能看见满天繁星与银河的山丘上，打造了一座巨大的城堡，准备与她一同在其中白头到老。他为了这城堡倾注了自己毕生的心血，一面建造，一面回忆和初恋女友的美好往事，任何一个细节都重新在脑中播放：他们一起念书的学校，一起接吻的操场，一起骑马的草原……他对她的爱是如此的强烈，以至于把回忆中全部的场景统统还原，放入他那巨大的城堡里。于是那城堡里包含着一整座学校，一整片草原，包含着他们各自的家、卧室、小区，从每一件家具到路边的每一棵树，建筑师都分毫不差地在城堡里原样重现，整座城堡宛如一个全新的世界，那个世界里的一切都是他们曾经的回忆。建筑师终于造完了城堡，他站在广阔的星空下，看着群星在河流中的倒影，发现自己已经垂垂老矣，而正当他想要去寻找初恋女友一起在城堡中安享晚年时，他得知了一个令他震惊的消息：他的初恋女友早在几年前就已去世。建筑师得知这一消息后悲伤万分，一把火将自己的城堡付诸一炬，自己也缓缓走入这熊熊烈火中，结束了自己的生命。

这个故事甫一交给出版社，编辑就对之大为感兴趣，连夜将其读完，击节赞赏，告诉我他会尽快将这本书出版，并且相信一定会大获成功。我听到这个消息欣喜万分，但是始终有一种不安在我心底隐隐地徘徊——我自己清楚，从本质上来说，这部小说并不属于我，它来自一股神秘的力量。为了揭开这个谜团，我再一次打开电脑，双手摆上键盘，想看看这次是否还会有故事，而这又是怎样的故事。果然，我丝毫不经过思考地就在键盘上打起字来。

这回是一篇短篇小说，讲的是一个大学男生意外地在海边遇见了女海妖，海妖生得十分美丽，却始终无法爬上陆地，男生对她一见钟情，每天去海边探望她，无可自拔地爱上了她。海妖说她的前世是一位女钢琴家，因殉情而投海自杀，变成海妖后，最大的愿望是可以走上陆地，找到来世的他。男生于是锯下自己的双腿，赠予了海妖，海妖变成一位亭亭玉立的女子，而男生则永生永世生活在海里。

这篇小说的结尾是这样的：

"他每天都在岸边的浅滩守候她，渴望再次看见她。哪怕她和别人在一起，哪怕她早已衰老，他都觉得没有关系，事实上，只要他能够听到一点点钢琴的声音，他都会心满意足，因为自己无尽的思念终于有了回音。然而岁月一年一年地过去，贫瘠的海边始终没有任何情况发生，她大概仍在寻找丈夫的路上，而他也无怨无悔地守候着，回忆着初次见到的她的模样，永不厌倦地回忆着，永远，永远。"

读罢此文，我情不自禁地落下眼泪来。无论是情节、还是文笔，这不仅是我目前为止写过的最好的小说，甚至在我读过的小说中（包括许多公认的经典），它都能名列前茅。我甚至一时舍不得将它发表出去，就如同得到了一颗美味的糖果一般，不想和任何人分享。我将它藏在我的电脑文件夹中，一读再读。

晚上我睡在514房间里，心情久久不能平复。我睁开眼看着天花板，也不知是幻觉还是什么，仿佛整个房间飘荡着许许多多不明物体，它们泛着银黄色的浅光，却又辨不清具体的形状。我的大脑一时间涌入许多故事，它们场景交错，纷繁复杂，角色互串，剧情离奇，我一时都分不清哪些角色属于哪些故事，哪些故事拥有哪些情节，就像是一个语无伦次的人情绪激动地想要告诉你他的想法似的，我从未见过哪个地方拥有如此源源不绝的灵感。对于一个作家来说，这本应是一件再好不过的事，然而这些灵感争先恐后地想要挤入我的大脑，正如一群人七嘴八舌地急于告诉你他们各自的事情，其结果只会让你感到聒噪不堪。我被吵得无法入睡，只好拖着疲惫困乏的身体再度打开电脑，将那些灵感悉数记录下来，变成小说。如此一直过了三天三夜，我完成了一部自己都难以置信的长篇小说。而写完这部小说，我非但没有感到劳累，反而愈发精神奕奕，震惊万分。

整部小说以一个穷酸小说家的回忆开始，讲述他和青梅竹马F之间轰轰烈烈的爱情故事。F是个做着公主梦的女孩子，从小就希望住进大大的城堡。她的家教十分严格，父母以最好的要求教育她，让她自幼就学习钢琴。于是在小说家的回忆里，他的童年就是在F楼下的窗口听着F练习的钢琴声中度过，但这件事直到很久以后他们开始谈恋爱，他才告诉F，不然的话——小说家打趣说——他们可能五岁就恋爱了。

转眼两个小孩一起上了同一所小学。F每天晚上都在父母的逼迫下练习钢琴，小说家看着F伤心的样子于心不忍，却又无可奈何，只得在每天的放学路上编故事给她听，逗她开心。起初只是一个小小的童话故事，后来故事越编越长，也越来越有意思，于是他们每天花在放学路上的时间也变得越来越长。F宁愿回去挨父母一顿骂，也要在路上花很长的时间听小说家讲故事，因为对她来说，这是一天中最快乐的时光。而小说家也因自己的故事能使F快乐而感到高兴。

　　他们一天一天长大，初中毕业以后，却分别进了不同的高中。看不见F的日子里，小说家对她的想念与日俱增，到了高三，他终于鼓起勇气写了一封深情款款的长信，向F表白。F回了信，答应和他在一起。小说家欢欣鼓舞，和F相约考入同一所大学。这本应是一段美好的故事，却被F的父母拦腰斩断——他们要求F去国外念大学。F违抗不过，只好听从父母的意愿，考入了欧洲某所名牌大学。而小说家则因为家境供不起他出国，索性毅然决然地放弃高考，打算尽早开始工作，攒够了钱自己去欧洲见她。但他仍为了F的自由而决定和她分手，他不想让她为他干耗着。

　　"在她出国前我们所见的最后一面，"小说家回忆说，"我们一同坐在她高中的一间琴房里，那天太阳暖洋洋的，透过窗户照进来。因为放暑假，学校里什么人都没有，一切都美好得不像话。她穿着一身黑色的长裙，为我弹奏那首我从五岁开始就每天都听的曲子，它是那么动听，我已听过无数遍，但仍然几欲落泪。她问我知不知道这首曲子叫什么，我说不知道。然后她一边弹奏一边说，它叫作《梦中的婚礼》。'真是个应景的名字啊，'我说，'可能我们今后真的只有在梦中才能在一起了。'说完她就流下了眼泪，再也无力弹奏。我搂住她，我们第一次接了吻，也是最后一次。不知道是不是阳光太暖，那个吻的温度直到现在还在我的唇边发热。我想她。"

F出国后没过多久就找到了新的男朋友，开始了新的生活。而小说家则租了一间公寓房，夜以继日地进行小说创作，他将对于F全部的爱都投入到作品中，那些曾经一起有过的回忆，那些在放学路上曾讲过的每一个故事，全都被他不知疲倦地化为小说。他是如此疯狂地书写着这一切。在如此强烈的思念中，只有这样，他狂躁不安的心才能够些许稳定。这似火的热情不断燃烧着他日益透支的身体，几年过后，小说家由于劳累过度，在公寓中独自病死，留下一沓未竟的书稿，被房东当作废纸全部烧光。

小说家死后，对F的爱丝毫不减，他的灵魂仍枯守在公寓中，将未写完的故事用意念（在小说中称为"铁一般的爱的意志，难以描述的神秘力量"）一个字一个字地补全。即使没有笔和纸，即使没有打字机，也没有电脑，他仍在孜孜不倦地继续他那伟大的创作，日夜无休。直到整个房间都充满了关于F的小说，那炽热的情感甚至穿过阴阳界的隔阂，而在现世中渗出了些许的形态。

F在欧洲的日子幸福美满，她终于实现了儿时的梦想，和男友走遍了各地名胜，在风情各异的城堡里流连忘返，对小说家的死讯浑然不知。多年以后，小说家的小说终于完成，但他的苦心孤诣并没有使他宽慰。由于阴阳之隔，F永远也无法看到这些心血。小说家焦急万分，但也只有在公寓里无尽地等待。一如他在小说中写到的男海妖，哪怕看不到任何希望，仍然选择等待，终日以回忆为己任。幸亏他的身边都是关于F的小说，整个房间都充满了清晰可见的F的回忆，他才得以靠这些使自己维持镇静。终于有一天，一个灵感枯竭的作家住进了这间公寓。灵魂小说家抓住这转瞬即逝的机会，将自己所有的故事都迫不及待地以小说的形式向他倾诉。他不能言语，不能交流，也无法使作家看见自己，他的唯一方法，就是赋予作家灵感，让他来代自己写出这用生命创作的作品，他最大的希望，无非是想告诉现世中的F，他是如此想念她，并且永远爱着她。

当作家借着小说家的灵感完成了这部旷世奇作之后，小说家的在天之灵便安心地瞑目了。这一场横亘生死的单恋，也终于落下了帷幕。小说的最后，小说家这样写道：

"我直到最后都没有再见过F，我想她一定过得很幸福。我想在这场爱恋里我已经是一个失败者，那就不妨让我失败得更彻底些——让我将所有的爱意统统告诉你，不为了任何回报，只为让你知道，爱你才是我生命的全部意义。永别了，我至爱的人。"

我看着眼前屏幕上闪烁的光标，洋洋洒洒的文字，惊讶得一句话都说不出来。我抬头看了看房间里的天花板，那银黄色的浅光已经消失，而我的大脑一片空白，再也没有什么力量推动我打下哪怕一个字。这间拥有无限灵感的屋子，终于也到了它枯竭的时候。我被这部奇文彻底震慑住，诚惶诚恐地保存了下来，打算再在这里睡最后一晚，明天就离开。然而就是这最后一晚，它也依然使我不得安宁。

我在睡梦中听到一个彷徨纠结的声音，他的话语模糊不清，但似乎痛苦万分，正在做一个十分艰难的决定。他也没有任何形象，就像是一个意念，在我的睡梦里诞生，在我的睡梦里挣扎反复，我听到他抽泣的声音，听到他低沉的哀叹，听到他疯狂的自言自语，听到他尖厉的哀号。在梦里度过了很漫长的一段时间后，最后我只听清了他说的一句话，并且是他说的最后一句话，那句话我不确定是否对我说的，但话的内容我记得清清楚楚："还是算了吧，算了吧，不要打扰她了，不要……打扰。"我当时并不明白这是什么意思，直到第二天醒来我打开电脑，发现我在这间公寓所写下的三部小说全都消失了。他就像他笔下的建筑师那样，亲手摧毁了自己用毕生心血所构筑的一切。但谁说这不是更伟大的永生呢。

这时编辑给我发来消息，还附加了一个文件，是我前几天刚发给他的那篇关于城堡的小说。他说这是最后校对过的版本，看看有没有问题，没有的话，就准备拿去付印了。我把文件接收了过来，在扉页处加上了一句话"献给F"，然后保存在自己电脑里，告诉编辑，这部小说，我不准备出版了。他大为不解，问我为什么。

我抬起了头，看了看天花板，自己也不知道对谁在说："因为有人不想打扰他最爱之人的平静生活，所以连告白都不忍心啊。"

房间空空荡荡，没有任何声响和变化。我像个自言自语的傻子，愣了一会儿，便收拾了行李，离开了514房间。

自那以后，我再也没有写出过令自己满意的小说，只是常常会翻出那部《城堡》，一个人在深夜里，看得感慨万千，老泪纵横。

片刻幸福

在 我 失 恋 后
最 难 过 的 那 段 时 间 里

直以来，对于男女相处这件事，我秉持着这样的观点：少谈恋爱，多找女伴。何为女伴？女伴的内涵多种多样，可以有备胎，可以有炮友，可以有纯聊人生理想的，也可以有看上去像谈恋爱一样常常约会、聊天、睡觉但就是互相不确定关系的，无论如何，你不用对她们负"以后时机成熟会把你娶回家"的责任，纵使以后你确实可能会和其中的某一位成婚，但是在你们仅在伴侣关系的时候，不该让这个思想束缚住你们的人性。我认为这是异性关系间最纯粹的状态，能让人最大化地享受异性之间的相处乐趣。

　　显然，这是一条更受男生欢迎的观点。虽然在这样的关系中双方的权利是平等的，但是一般而言，女生总是比男生更渴望安定，也更需要一个让人安心的名分。因此，能接受这样条件的所谓女伴，其实并不多。

　　而R就是其中一个。

　　刚和R认识不久，我就把上述关于女伴的论述告诉了她。她撇着嘴角若有所思，然后说道："所以你不会对我动感情喽？"

　　我试着用尽量模棱两可的语气说道："也不好说，

至少在女伴阶段不会。假如我真的……"

"不许认真。"她忽然打断我的话。

我一时怔住。

没想到女生也会主动提出这样的要求。

"我已经受够太认真的关系了，我们就玩玩，好不好？"她补充道。

求之不得，一拍即合。

我们于是约好这周五晚上一起喝酒。

不知从什么时候开始，我越来越害怕一段稳定的关系。比起互相郑重其事地承诺些什么，这种说好只是玩玩的关系反而更让人轻松自在。周五前的这段时间里，我们在手机上每天从一早就开始聊天，一直聊到晚上说"晚安"。有时谁隔个个把小时没有回也毫不在意，回来说一声"刚才忙去了"又可以继续愉快地聊下去。因为互相对谁都没有期望，所以只可能是惊喜而从不会失望。我们陷入在这样的交往中，像两个配合默契的演员，感受着自己也不知道是真是假的快乐。

然而说是没有期望，其实也不太准确。我们还是有期望的，期望就是周五晚上的见面。

"周五我们去哪里喝？"她问。

"你如果没有什么特别感兴趣的酒吧的话，不如就来我家喝？"

"你家有什么？"

"刚买了一些基酒和饮料，这几天在家里调酒玩。"

"不错哦。"

"就是我自己一个人租的房子，可能有点小，怕你嫌弃。"

"没事，有酒就行。"

女生在周五的晚上答应来自己家喝酒，这意味着什么不言自明。我回想着上次见面时她精致的裙子和洁白的皮肤，开始暗自期待起来。

然而这世界上，有期望就必然有失望。失望发生在周四的上午，她告诉我，她来姨妈了。

"你明天可以找别的人，我下次再来你家。我说真的。"她这么说道。

有时我觉得她直白得有些可怕，若换作别的人，或许我真的就找借口取消第二天的见面了，然而她这么一说，我便实在做不出那样的事。

"没关系的，本来就说好喝酒而已的嘛，和来不来姨妈有什么关系。"

消息刚发出几秒，就收到她的回复：

"哈哈哈……"紧接着又发来一条，"感觉好对不起你。"

满屏幕的得意之情，好像她打了一场胜仗似的。不过，大部分女生好像确实会喜欢看男生对她们无可奈何的样子，也不知道为什么会有这样的共同趣味。

虽然比计划中缺少了一些部分，不过对于我来说，能和一个漂亮的女生在家里一起喝酒，也不失为一件乐事。这样想着，周五的晚上很快就到来了。

"你都会调些什么酒呀？"她一进屋，看见琳琅满目的瓶瓶罐罐就问道。

"只剩下朗姆酒了，所以只有自由古巴和mojito①可以选择了。"我一边说着一边拿出酒杯开始拿酒捣鼓起来。一边我还腾出手来用手机放起了音乐，并告诉她这里环境恶劣，没有音响，只能暂且这样了。

"没有音响也没关系啊，"她说，"有你就行。"

可能是因为她知道今晚什么都不会发生，所以说话也敢于挑逗。我看了看她，她坐在床头，露出一副狡黠的笑容，让人又爱又恨。Billie Holiday古木般的声音从手机中缓缓地流淌开来。

这天晚上确实什么都没有发生，我和她躺在一起，聊了一晚上的天。

"你酒量很好吗？"我问道。

"也没有啦，就是很喜欢喝而已。我还断片过两次呢。"

"断片是什么感受啊？"我转过身问道。

"就是两眼一黑，什么都不记得了。"

"我都从来没有断片过呢，一直想试试，但每次都没有成功。"

"为什么？"

"害怕醉了以后没有人照顾我吧。"

她迟疑了一下，黑暗中抚摸着我的脸，说："要是你在我面前醉了，就我来照顾你。"

---

① mojito莫吉托，一种朗姆酒。

那天晚上，这是唯一使我印象深刻的话。当我们一直频繁地使用"爱""喜欢"这些词的时候，却很少听见过"照顾"。在此刻听来，它比别的词似乎更郑重一些。然而我始终记得和她做过互相不动感情的约定，所以无论说过什么，也从来只是听过算了。当你在乱花丛中穿过的时候，一旦有一刻动心，便无法做到片叶不沾身。出来玩，就是要有这样的觉悟。

那天晚上我忽然发现，我的觉悟好像仍然不够。

第二天早上我开车送她回家，不得不把车内音响开到最大，来抵抗自己心里的波动。

"昨天还没有听够啊？"她笑着说。

"我要把我手机里的歌都放给你听，这样当我再听到它们的时候就会想起你。"

后来我回想起来，一切的开始，可能都是因为这一天晚上她的大姨妈。如果我们那天晚上就发生了关系，或许一切就会变得简单许多。可事实上，正是由于两个人走肾走得太晚，才不得不强行假装走心，直到装到彼此都分不清。

那天以后，我们还是和之前一样保持着每天聊天的节奏。我也不知道为什么有那么多话可以聊，或许只有在没有成为男女朋友的时候才可以这样吧，我想。一旦确定了关系，聊天的内容就会变成"我想你""你想不想我呀"。这样，一切都会变得无趣起来。我不知道我和她的故事会变成怎么样，但我感到一种危险正在靠近。为了防止这种危险，我开始同时找别的女生聊天。然而不知怎么的，越和别人聊却越想念R。我开始设想对于同样的聊天内容，R会做出怎样的回复。我努力控制情绪，并告诉自己，那一切只是还没有睡到她的不甘而已，一旦我们发生了关系，情况就会不一样。

一周以后，姨妈退去。我们约了晚上看电影，回到停车场时，我打开了后排的车门。

"我们坐着聊会儿天吧？"我笑着说。

她站在原地迟疑了一会儿，接着抿嘴一笑，脑袋一撇，向后排走来。

车内再次响起Billie Holiday的*Body and Soul*^①，我勾住了她露出的半截肩膀，低下头吻了过去。

回去的路上，汽车掠过无数路灯。她坐在副驾驶座上，从包里拿出一个小熊模样的空气清新剂，夹在车前空调的出风口上，顿时散发出一阵清香。

"所以……感觉怎么样？"没想到居然是女生主动开口问了这样的问题。

我脑中浮现起刚才车内昏暗的画面，有些尴尬地笑着说："不错啊……"

"不是问你这个，"她拍了我一下，"我是说，接下来我们还会像之前那样聊天吗？"

我看了她一眼，问道："什么意思？"

"男人不都是睡过女生以后就会一下子变得冷漠的吗？"

---

① 全心全意。

气氛似乎有些变得奇怪，我看着后视镜，快速地变了个道，同时思考着该如何做出回答。

"不是你说不许动感情的吗？"我说。

"所以你就要开始对我冷漠了？"

我转过头，发现她又用那天晚上一样的坏笑看着我，我这才明白，这又是她在调戏。我有些失望又欣慰地发现，我对她那情不自禁的心动，并没有随着刚才的亲热而减少些许。心动本身固然是幸福的，然而若要完全将心交给另一个人，又是一件太过危险的事情。有些痛苦只要经历过一次，就会害怕一辈子，哪怕一丝一毫被人伤害的机会都要从一开始就扼杀在摇篮里。那时起我开始明白，只有自己的自由才是最安全的归宿。也正是从那时起，我习惯了没有心动的生活，和无数女人萍水相逢，逢场作戏，沉浸在没有代价、只有快乐的自由里，感到如鱼得水。然而对R产生的波动却让我感到了久违的危险，那是我现在最不想要的东西。我想要遏制，却似乎总是适得其反。

R见我没有回答，便自顾自地说了下去："我有个谈了三年的前男友，在北京念博士，我们每天晚上都会打电话，每次长假我都坐飞机到他那儿去，那段时间里，他从来没有对我表现过一丝一毫的冷漠，所以虽然是异地，但是我从来没有觉得我们会被距离打败。去年他生日那天，我特意跟公司请了假，偷偷买了礼物飞去北京见他，想要给他一个惊喜，却发现他租的房子里，还躺着另一个女生……那是我最好的闺密，我每次去北京时还会顺便去找她玩，现在想起来是多么讽刺。"

我一边开车，一边听她讲故事，等红灯的时候，我把手放在她手上，怜惜地握紧。

"真是伤心的事……"我说。

"还没有结束呢！"她说，"那次捉奸以后不久，他就从北京飞到上海来找我。他从来都没有送过花给我，唯独那一天买了一大捧玫瑰，还告诉我要和我订婚，说要给我一个安心的未来。你说你们男人是不是贱啊，都这样了还怎么安心啊。我没有睬他，谁知道他来我公司堵我，当着全公司人的面说要找我，说我不原谅他，他就一直待在那儿不走。我只得敷衍着原谅他、答应他继续在一起，并让他赶紧回北京上课。他回去了以后我自然对他不像之前那样，心中有了芥蒂，怎样也无法复原。谁知道一到暑假他就回来，见到我就气呼呼地问我为什么不再爱他了，他都已经改正了为什么还是不能原谅他，他怪我让他都没法安心复习，还说是不是看不起他是外地人，我受够了他的歇斯底里，铁下心来决定和他分手，他还追到我家里向我讨回送给过我的所有礼物……现在回想起来那撕破脸皮的场面，还是心有余悸……"

此时我已开到了她家楼下。我靠边停了车，轻轻拍着她的背说："还好都过去了……这是什么时候的事情？"

"也就是两个月前……所以我才会和你约定一定不要动感情。我现在抵触所有认真的感情，一想到上一段感情最后变成了这个样子，我就害怕。我是那种一旦谈就一定要谈得很认真的人，如果真的谈下一段感情的话，那一定是奔着结婚去的……"

"嗯，我明白。"我看着她，点点头说。

她也看着我，眼神中似乎透露着什么，和她所说的话之间，隐隐有些冲突。

"但是也不能一直这样！"她忽然低下头说，"对我这个岁数的女生来说，结婚这件事已经不能拖了。我妈妈前两天开始给我安排相亲了。我虽然心里还是想再缓缓，不要这么快就重新开始，但是也只得听从她……真羡慕你们男生，不用被早早地逼婚。"

我的手放在她的颈后，一遍又一遍重复捋着她的发丝，不知道该说些什么。

"你是不是觉得我特别矛盾？"她笑着说，"你就当听个故事吧！"

说着她转过身去准备打开车门。

"慢点！"我抓住她，好像她这一走就不会再见我了似的。

"你可以跟我结婚啊。"话一出口，我自己都被吓了一跳，赶紧解释说，"我的意思是，可以不必非得谈啊不谈啊分得这么清，先和一个人轻轻松松地相处，以后也未必不能结婚啊，就像那个女伴理论说的那样。"

"你是说……和你吗？"她的眼神忽然闪过一丝亮光。

我脑中一片空白，组织不起任何语言，只能顺势说："嗯……"话音未落，手机忽然响起微信声，屏幕上赫然显示着微信的内容：

"Lily：在干吗呢，出来喝酒吗？"

那是之前为了分散对R的注意力而找的别的女生中的一个。

R看着黑暗中亮得刺眼的屏幕，哼笑一声，说："你去喝酒吧。"说罢她甩下车门走进了公寓楼。

我坐在车里，闻着空气清新剂里散发出的青柠香味，感到不知所措。

那天晚上，我自然没有去和Lily喝酒，但是也再没和R说过一句话，因为就连我自己都不明白我想要的是什么。我无法欺骗自己说不想和她在一起，但是如果那样的话，真的能够背负她意在结婚的严肃和认真吗？真的做好放弃一切自由、给予她伤害自己权力的准备了吗？一个无比简单的事实是，二十八岁的爱情，再也不像十八岁时那样简单了。我们仍然渴望着纯粹的爱与被爱，但是有太多繁杂的因素让一切都变得举步维艰。十八岁时我们一无所有，所以可以义无反顾。而现在我们有即将逝去的青春光阴，有曾经被狠狠摔碎过的心，有对未来双方的责任，还有对"生活在别处"的自由的追求，我们还远没有做好准备，但是社会却需要我们尽快进入下一个人生阶段。

大不了就不结婚呗，永远过那种拈花惹草的风流生活，自由轻便，无拘无束。我曾经坚定地那么想过，但那是在遇到R之前。遇见一个真正喜欢的人，就会想要和她在一起，可是长大后的我们明白，所谓在一起，其实远远不止在一起那么简单。我一路开车回家，耳畔响起R刚才的一句话：

"你是不是觉得我特别矛盾？"

其实这哪是矛盾，分明是无助。

又何止是你一个人，你我都深陷其中。

第二天我依然没有找R，尽管我想此刻她应当和我一样希望和对方说上几句。两人之间的沉默变成一场隐形的角力，角力的结果是我实在忍不住，一下班就开车去她家楼下。我告诉自己，实在无法做决定的时候就去见她，让自己面对真实的她，然后让冲动为我做决定。我感觉相信冲动的自己比相信硬币稍微强一些。

把车停在她家楼下后，我拨打了她的号码，通话音响之后，却意外被她挂断。

不至于生气到这个地步吧，我想。

"我在你家楼下，能下来说说话吗？"我向她发了微信。

"我在和表哥喝咖啡。"她很快回复道。

"那我先找地方吃晚饭，等你们结束我开车来接你？"

"好。"

我在她家附近找了家小馆子随便扒了两口，正在想接下去该干吗，她又发来了微信。

"我哥哥和嫂子说想见你……叫你来一起喝。"

"……"

"他们就比我们大两三岁，不会很生疏的。"

就算再年轻，那也是她的亲戚啊。还没开始谈，就先见了亲戚，不管怎样，这进展似乎都太快了些。但是要是在这个时候我坚持说不愿意去，也会显得很尿吧？

我想了想，明知是鸿门宴，也只得硬着头皮答应她现在就开车过去。

"对了，"她补充道，"我没告诉他们我们做过，连亲都没亲过，就只是牵过手。"

然后跟了个哭笑不得的表情。

有时候我觉得我们之所以走到现在这样进退两难的地步，也或许是出于命运的步步相逼。如果那个周五她没有来姨妈，我们尽享鱼水之欢，只有一夜之缘，倒也痛快。如果今天不是因为赶鸭子上架要去见她的亲戚，或许也真的能先若无其事地轻松交往起来。只是一切都没有如果，现实如同算计好的棋局，把我们逼入了死角。R的哥哥、嫂嫂人都很好，但是有意无意间总会旁敲侧击地探询我对R的心意和对结婚的看法。

"如果当你老了，你是希望你先死还是你老伴先死？为什么？"

"你理想的结婚年龄是多少呀？"

"你觉得小姑娘最重要的是什么呀？"

…………

简直是一场四面楚歌的面试。临到最后，嫂嫂还一脸坏笑地说："能不能再问个问题啊？"

"嗯？"我强颜欢笑。

"你活儿好不好？"

R和哥哥赶紧制止了她。

"你觉得我哥哥、嫂嫂他们怎么样呀？"送R回家时，她在车里问道。

"人挺好的，就是问的问题让我压力有点大……哈哈！"

"我也觉得……我也不想你这么快就见到他们，感觉这一切都太快了。谁让你今天不说一声就直接过来了呢。"

"我要是先跟你说了，你肯定说'不用那么麻烦'或者'晚上我要和哥哥去喝咖啡'，那样不就见不到你了吗？"

"倒也是。"她一面拨弄着送我的空气清新剂一面说。

"那你找我是想说什么呢？"她又忽然问道。

突如其来的意外事件让我差点忘了此行的目的。我看着她的脸，心中又泛起犹豫。比起之前来，经历了刚才这样一出，和她在一起所要负担的东西，又变得沉重许多。

"就是想和你说说话，聊聊你今天一天没和我聊天，都干了些什么……"我说。

她似乎若有所思，随即笑着说："没和你聊天，那就和别人聊天呀。"

虽然是她一贯开玩笑的语气，不过我的不悦似乎已经显而易见。我深踩一脚油门，此地无银地说了声："哦，蛮好的。"

"是我妈妈给我找的相亲对象。"她解释道。

我心下一怔，万种情绪涌上心头，却只轻描淡写地说："哟，怎么样？"

"是个富二代。"她不无得意地说，"相亲的时候开着玛莎拉蒂，人长得帅，家里房子也多，我觉得还蛮不错的。"

"是蛮不错的。"我说，"你家到了。"

"谢谢师傅。"她说完转身佯装开门，见我毫无反应，便又转过头看着我，"不开心啦？"

"没有啊！"我说，"本来就说好的不动感情的嘛，你一边在这里玩，一边在那里认真寻找结婚对象，我也觉得挺好的啊。这样既可以暂时放松，还没有耽误自己的终身大事，简直完美嘛。"

"你当真这么想？"

"我当真这么想。"

"可是我要是真的和他谈的话，我就不会和你继续这样了。我说过，一旦我谈，就一定是很认真地谈。"

"说好了不会动感情，就真的不会动感情，你想让我怎么样？"

她用了一种从未出现过的眼神看着我，那种惊愕、愠怒和无奈在这一刻使夜晚变得异常沉重，然后轻轻地说了一声"嗯"就开门离开。我看着她的背影，居然觉得有一丝解脱，一种不用再面对抉择的解脱。

但是那种解脱感并没有持续很久。接下去的几天里，因她离开而产生的生活空洞越来越巨大，像是被火焰烧穿了洞的纸。我想起我们过去的那段充实快乐的日子，想起我们聊喜欢的《志明与春娇》，想起我们一起喝酒、抽烟、听音乐，我虽然不知道和她永远在一起会不会是最好的结果，但我至少知道此刻我希望的是和她在一起。就此刻而言，没有什么比让她重回我身边更让我感到快乐的事。

我于是拿出手机，向她发了消息。"还记得你说过我醉的时候会来照顾我吗？"我说，"这周五晚上，我想醉。"

"什么地方？"她回复道。

"还是我家。"

"好。"

那天晚上，她提着一袋干冰来到我的房间。

"你不是说你一直都想试试吗？"她说，"把干冰放进马桶里，就像《志明与春娇》最后那样。"

我看着她，笑笑说："这你都记得。"

"因为我也挺想试试的。"

我们把干冰倒进马桶里，瞬时空气变得冰冷，马桶里溢出滚滚白雾，小小的厕所间充满了仙气。我看着被烟雾淹没的小腿，下意识地蹲了下来，这样就好像全身都可以融入这团远离尘世的轻烟之中。

她见我蹲了下来，便拿了酒杯，也一同陪我蹲下来，我们两个人就这样蹲在厕所里，陷在烟雾中喝着酒，真是一种别样的浪漫。我拿出手机，再度播放那首让一切开始的歌曲。此刻我才发现，*body and soul* 的歌词，从一开始就像一场悲剧。

"my days have grown so lonely.①"歌者缓缓地唱道。

我们背靠墙壁，杯盏交错。

"和玛莎拉蒂怎么样？"我说。

"不错啊。他对我很好。"

"算是正式谈了？"

"没有吧，就是一直聊聊天啊什么的，前两天出去吃了个晚饭。"

"我想也是，不然你不会再和我见面。"

"因为答应过你，你喝醉了要照顾你。"

"你还答应过我们都不动感情呢。"我说。

"我是没有动啊。"她抬起手将要喝酒。

"真的吗？"

她停住将要喝酒的手，转头望着我，长叹一口气，皱着眉头说："曹畅洲，你到底想要我怎样？"

我暗自觉得讽刺，就在几天前，说出这句话的人是我。这个世界上每个人都问对方想要自己怎样，无非是害怕自己的热情成为对方的多余。

"我想要你陪着我。"我说。

"然后呢？"她的声音不自觉地变得更响，"让我抛弃合适但不喜欢的相亲对象，和你相处一个月两个月以后被你抛弃？"

我惊讶地看着她，没有想到她的反应会是这样剧烈。这几天里她内心所压抑的痛楚，或许完全超出我的想象。

---

① 我的日子变得如此孤独。

"我不像你，曹畅洲。我是女人，我的青春很有限的。或许有的女人可以不在乎家人的逼迫，不在乎社会的眼光，不在乎他人的看法，勇敢地去做自己，但是我做不到。我不是那样的人。我已经二十八岁了，不早了。我要结婚的。我已经不能再和一个无谓的人浪费时间了，哪怕再喜欢，也要把结婚的可能性放在第一位。可你不一样，你的心还不想安定下来，你不想为结婚承担太多的责任和压力，你还在留恋无拘无束的生活。你做得到吗？我们互相陪伴，一陪就是一辈子，考虑买房，考虑生孩子，考虑养家糊口，考虑安分守己。你做不到，我也做不到，可我必须逼自己做到。"

我手拿着酒杯，胸口一起一伏，却一句话也说不出来。在她的话语面前，我毫无招架之力。她的眼里已经有泪光开始闪烁。

不得不承认，她说的是事实。我蹲坐在原地，静静地倾听我们之间长久的沉默。

在某种默契的牵引下，我们一同举杯，碰了一下，一饮而尽，似乎这样比语言更能表达我们的心意。

"你知道吗？"她用平静的语气接着说，"我们第一次过夜那天，我并没有来姨妈。"

"那为什么要骗我？"

"我本来以为，或许那样的话，你能留在我身边更久一点。"说完她又一饮而尽。

"我也想留在你身边。"

我本想那样说，可是最终却没有。我想起她过去的爱情，想起她的哥哥、嫂嫂，想起那个频繁为她相亲奔忙的母亲，想起她那恨嫁的心情，我觉得一切都太沉重。我们本来想要的只是陪伴，可是如今在陪伴以外，却有太多复杂纷乱却又无法逃脱的东西。

马桶边的烟雾渐渐消去，R双手扶着马桶呕吐不止。

到最后，醉的还是她。

那天晚上我和她再次躺在一起，和第一天晚上一样，什么都没有发生。我不禁想起，我们当初做过的那些约定，如今竟全都没有遵守，这遗憾的结果就像是对我们失信的惩罚。

在那以后，我们就再也没有见过面，间或会发发消息或者回复一下对方的朋友圈，但是中间却似乎总像是隔着什么，再也回不到之前那样。或许是因为每当我想起她，我就会想起在生命中每一次无能为力的时刻，会想起那总也没有最佳答案的棘手问题，这让我感到人生徒劳。然而每当我坐在车里，身处熟悉的青柠香气中，看见那小熊模样的空气清新剂时，又总会不自觉地鼓起一些勇气，我不知道这种勇气能为我带来什么，但我确实为拥有这暂时的勇气而感到片刻的幸福。

桂树的眼泪

在 我 失 恋 后
最 难 过 的 那 段 时 间 里

我对照着手机里的信息，来到一家精神病院，看望一位儿时的好友，山山。

　　山山小时候非常聪明，印象里从来没有他不会做的题目，属于那种不听课成绩也很好的学生。他的聪明才智还不单体现在学习上，当时小学里我和他一个班，我们的班花十分漂亮，班级里有超过十个男生同时在追她，其中山山在外表上应该属于中等偏下的，然而凭借着各种战术，山山在这场战争开始之后的一个月内，就成功追到了班花，一度成为班级里众男生的眼中钉。聪明的山山在战后问题处理上也技高一筹，十余位男生针对山山连番的报复行动，没有一次成功。我当时很想看这场戏以后会怎么样，可惜由于父母迁居的原因，我转了小学，离开了故乡。在那个没有电话的年代，我便和山山失去了联络。时隔十余年，再一次听说这个名字，居然是他住进了精神病院的消息，惊异之余也让我感慨不已。我便独自来到了这里，想看看那个曾经叱咤风云的小学同学，如今怎么会落到这步田地。

　　进去后我就在护士的引导下到了接待室，等候护士叫他。一路上听着护士为我介绍这里病人的"事迹"，忽然有些不寒而栗。接待室干净而整洁，淡蓝色和白色相间的墙壁使人感到内心宁静，很难想象住在这样安逸环境里的一群人，个个都是别人眼中的异类或疯子。他们有的人将自己扮演成四个角色"互相"谈天；有的人则总是废寝忘食地画些莫名其妙的图案；有的人更试图说服身边的所有人，这个世界早就毁灭了，现在的一切都是幻觉。我无法想象，那个活泼聪明的山山，如今和这些人，竟被归为了一类。我不禁开始想象一会儿见到他时会是什么模样，阴森，颓废，还是飞扬跋扈、言辞激烈？

没过多久，山山推门进来了——我一眼就能认得出是他，因为他的模样几乎没有变化，神态也看不出异样，完全不像我想象中那么可怕。要不是现在这个环境，我在马路上见到一定会不假思索地认出他来，然后拍拍他的肩膀，约他喝一杯。他就是个完全正常的普通人，甚至比我都正常。但是他看上去越正常，我心里越是不住地焦虑，外加害怕。这种情感再和当年一起读书的情形夹杂起来，心里真是说不出的滋味。

他对我笑笑，便坐到了我对面的椅子上。

"他们不给你戴手铐什么的吗？"我问。

"嗯，我没有暴力倾向，医师诊断过的，你别害怕。"他笑着说。

我忙说："哦不不不，没有这个意思。"

这段很尴尬的开场白以后，是一段更尴尬的回首童年往事的对白。他的谈笑和当年简直一模一样，自信，风趣，这哪是精神病啊！凭他的才智，现在应该和一群同样优秀的精英全心创业啊，怎么会……我的疑惑和恐惧同时在心里膨胀。

我终于还是忍不住问："你看起来很正常啊……为什么会来这里？"

他把视线低了下去，哼笑了一声，说："说了你也不信。"

我说："你都已经到这里了，说什么我都能信。"

他迟疑了一下，眼神暗了，面色也渐渐凝重起来，缓缓地说：

"我爱上了一棵桂树。"

故事从小学的时候就开始了。山山家的附近有一棵特别的桂树，这棵桂树长得很小，树干只有一个成年人那么高，并且这么多年来，一直没有长大。这棵桂树的树干上有一道非常深的刻痕，是谁刻的无从得知，还有人说是这树天生的。而刻痕的位置，用山山的原话来讲，就是"在她的心脏位置，想必一定很心痛"。那时山山觉得这棵树很可怜，每天下课都来为它浇水施肥，有时还会为它修枝剪叶，每年十月，它的花香就会飘散得很远，一点也不输给别的大桂树。山山沉醉在这花香里，十分满足。

我说："这不是很有爱心的事吗，你就为这个？"

山山看了看我，又低下头来，平静地问："你知道爱上一个人的感觉是什么吗？"

我想了想，说："就是想和她在一起生活吧。"

他说："不对，是只想和她在一起生活。"

这个略微加了重音的"只"字，使我的身体不自觉地颤抖了一下。

"有一天，"他说，"我看到有同学在跳着摘她的树枝，他们一蹦一跳的，用粗壮的短手向着她身上挥来挥去，落了一地的碎枝叶，我一下子就非常气愤，跑过去和他们狠狠打了一架。我把他们赶跑以后，看着这满地的枝叶，不知道有多心疼，我于是抱着那棵桂树——那是我第一次抱她。我觉得好温暖，你知道吗，就好像你的女朋友受了委屈扑到你怀里的那种温暖。我那天终于知道，原来这就是爱的感觉。我爱上她了。"

他说这些话时，不缓不快，非常平静，嘴角隐约有些微笑，眼神是那样的温柔，仿佛一片羽毛。我一时间不知道说什么好。

"那一瞬间我突然觉得，"他继续说，"如果这一辈子我就这样抱着她，体会这个温暖，我也心甘情愿。你们谈过恋爱的，都懂的吧，我们总想让那些幸福的瞬间变成永恒，能让你有这个愿望的，难道不是你爱的人吗？"

我说："但是人和物是不一样的，我们还想和银行卡共度一辈子呢，那也算爱吗？"

他摇摇头，笑着说："不，不一样的。她是有生命的，有灵性的，她是那样的特别——你们爱的人在你们眼中不是也很特别吗？她在我眼中也是，她的样子，独一无二，她的花香，独一无二，我知道，我知道的，医师们带我见过其他的桂树，我都没有任何感觉，唯独她，我觉得我一生的付出可以只为她一季的开放。我能感受到我对她的爱意，不会有错，正如你们对恋人一样，爱的感觉说不清，但自己明白那就是爱。从那天起，我开始全心全意对她好，不同的季节给她施不同的肥，浇最好的水，每天早晚亲吻她一次，冬天的时候为她涂白御寒，有时我觉得天气实在冷，我就抱着她为她取暖，我还常常对她说话——就像你们恋人也经常做的那样，说些悄悄的情话。我还为她写歌，唱给她听。就为所付出的这一切，我就觉得我好幸福。"

我哑口无言。

"可是这没有回应的爱，你付出那么多值得吗？你那么爱她，那她呢，爱你吗？"我也不知道我是怎样问出这么一个傻问题的。

他十分肯定地说："爱！我感受得到的。她每年的十月九日都会准时开放，从没有变过，因为那是为我而开放的，那是我最珍视的日子，是她来赴约的日子。而且她的花香一年比一年香，香里还透着爱意，我都感受得到。尽管我听不到她说话，但是真正的浓情蜜意，都是无须言语的，不是吗？你们恋爱的时候，恋人的一个眼神，一次呼吸，都在传达着至深的爱意，不是吗？我们也一样，我有我的情话，她有她的花香，我们都在用自己的方式表达着爱。有时我睡前凝望着她，都仿佛能听见她温柔地对我说晚安。"他说这话时，表情依然洋溢着幸福。

"你知道吗？"他说，"有一年她开放那天，我在她的树根下，埋下了一封信作为礼物。"

我说："信上写的什么？"

他说："就一句话。"然后深情而缓慢地背诵道：

"在你面前，我愿成为一只蜗牛，慢慢地，慢慢地，用一生的时间，走向你。"

我的情绪已经完全被他带进去了，我甚至也开始觉得这好像确实是一份刻骨铭心的爱情，我觉得我对我自己的女朋友，好像都没有到山山那样痴情的地步，是不是这个世界上最深最深的爱，永远只能发生在不可能的两个人之间呢，哦，不，两个……对象。

或许，这样才是公平的吧。有的人长相厮守了，却感情寡淡；有的人没有在一起，却互相那么深深，深深地爱过。

这么想着，我很入戏地问他："那你们……后来怎么样了？"

他说："后来我进了外省的高中，没有时间照料她了。有一天我回家的时候，发现树下七零八落地散布着她的枝叶花瓣。原来我不在的时间里，她的香气越发浓烈，引得远近各地的人们纷纷慕名而来，摘花折枝。他们哪里知道，她是因为想我才将香气散发得这么浓烈啊！她这么久见不到我，当然思念成疾，只能不断地散发香气，来唤我回去。现在我回来了，却看到她受了这样的委屈，心里不住地疼。我当时看着她，就这么看着一地狼藉，忍着眼泪为她清理打扫，我仔细地捡起每一朵被踩脏的花瓣，每一根被折断的残枝，根根如刺，扎在我心里。我不能想象她当时是怎样地痛苦和绝望，我不能想象，我一旦想象就会心痛得不可自拔。我对不住她。我在她身下坐了一夜，搂着她，想补偿哪怕一点点迟到了的温暖。

"第二天，又有人要来采摘，我一怒之下把那人鼻子打歪了。我再也不忍心见到她被人欺负了，这是我的桂树，别人只能闻，不能碰，这是我的底线。于是我决定退学，留在家中守护她，我觉得离开她我的心就如生了个洞，那么空虚，那么明显。或许我不去读高中，我就没有工作，没有钱，没有能力继续养她，但是，比起那些虚幻的将来设想，一旦离开她我心里的痛苦就显得那么实在和真切。我不能忍受，不能忍受没有她的日子，不愿让她继续受苦。我愿一辈子守着她，只想和她在一起，一辈子，就在这里，但是……"

我说："家里人不同意，然后就把你送到这里了？"

他点了点头。

我颇为伤感地说："那现在，她怎么样了？"

他说："每年花照开，只是，再也没有香气了。"

一边说，一边眼角渗出泪水。

我看着他的泪水，渐渐地，渐渐地涌出来。时隔那么久，到现在仍念念不忘，这到底是一份怎样深厚的感情。或许在旁人看来，这简直不可理喻，可是真的相爱的两人，怎会管别人的看法呢。爱人的爱有多深，只有这两人明白，而旁观者，都是说闲话的。我甚至愿意相信，那棵桂树，真的是爱他的，而且她的爱，或许真的不比他少。

他的泪水已然止不住了，但仍然用颤抖的声音和我说："我和家里人闹得很大，我觉得他们都不理解我，可是这有什么用？我完全没有抵抗的权力。来到这里以后，我的思念日复一日地增加，我不知道她每天过得怎么样，开始抱怨这个狭隘的世界，开始设想如果我一辈子都没有离开她会是多么美好，并且依靠这样的想象，以及过去的回忆聊以度日。后来，后来我彻底想通了。你知道吗？我在这里这么多年，最后终于明白了。我觉得不是世界的问题，归根结底，是她的问题，是她不肯为我做出改变！为什么，为什么，她不能跟着我一起去高中旁边落地生根。只要她能够改变，我们就完全不是这个结局，为什么她不能跟着我移动哪怕一寸？一定是那道伤疤，那道伤疤使她再也没有改变自己的勇气。她本来是可以行走的！多么可惜，差一点，差一点我们就能在一起了。都是那道伤疤，我想知道是谁在她身上刻下了那么难以忘却的伤。可是为什么，她不能为了我，再次尝试改变一下自己呢？再一次，一次就够，不会再有伤疤的，我可以保证的。如果再给我一次机会，我一定会去告诉她这些，一定会去求她，再给我一次机会……"

我看着几近疯狂的山山说着那些不着边际的话语，心里不知道是惋惜还是怜悯。他的疯狂让我一下子又清醒了，这世上没有人和树的爱情，有的只是山山一厢情愿的幻想和无法自拔。从头到尾，都是一场幻觉而已。病人发作的状况，我也没办法控制，于是我开始整理东西准备离开叫护士。

正要起身时，山山喃喃地说："为什么两个人可以既那么相爱，又那么不适合？"

"不适合"一词突然让我有种感觉，山山好像是明白一切的，他或许从第一次抱住那棵桂树的时候心里就清楚，这终究是一场无果的爱恋。他比我们谁都清楚，或许，或许。

我临走前问他："如果给你一个机会，你是希望她变成一个人，还是你变成一棵树。"

他哭红了的眼睛望着窗外出了神，平静地说："如果变了，或许我们就不会相爱了。"

那之后过了几个月，秋高气爽，天气晴朗。我想起十月九日是山山和桂树的约定日，也不知道出于什么样的想法，独自来到山山家乡的那株桂树旁。一路而来的桂花香瞬间了无影踪。我凑近闻了闻，这株开满桂花的树真的是没有一点点香气。我看着这棵和我身高也挺匹配的树，心想着或许它的上辈子，真的是一个很爱很爱山山的女人，那爱意强烈到即使转世了一个轮回，也可以在一株植物上获得表达爱意的能力，哪怕是那么微不足道的表达，但是，只要山山收到了，那就够了，不是吗？

我随即注意到它"心脏"处的那道伤疤，在听了山山的故事以后，不免也心疼。我伸出双手，想要抚慰一下这刻骨铭心之伤。当我的手贴近树皮之际，我赫然发现它的树干居然是湿的，而这个天气，这个时分，不可能有雨或露珠，霜或薄雾。

那只有一种可能了，我想，这是那桂树的眼泪吧。

酒

在　　我　　　失　　　恋　　　后

最　难　过　的　那　段　时　间　里

1

我是一名剑客，目前排名天下第一。人们叫我酒剑仙。

2

天下对第一的定义很简单，谁把上一个天下第一干了，他就是现任的天下第一。在我之前有三人自称天下第一，但谁都干不掉谁，谁也不想干谁，因为这样可以有三人同时享受到这个称号带来的快感。有快感，没风险，这样的事，是个男人都忍不住去做。他们于是约定了互不侵犯，只是固定时间聚一下，喝个茶泡个脚开个会，测评一下最近的新秀，发现有可能篡夺天下第一席位的，就盘算着三人合力干了他，以此维护局面平衡。

这事百姓自然不知道，所以他们总有疑问，天下第一为什么有三个，难道真的这么难分伯仲吗？于是为顺民意，三人决定去华山论剑。只见他们各佩一把短剑，到了华山之巅，各自头枕剑鞘躺下大睡了一场，在旁民众看得目瞪口呆。五个时辰之后，三人同时醒来，第一位情绪激昂，愤然感慨道：他妈的这场战斗太激烈了！我们的内力拼了足足五个时辰！第二位道，是啊，那内力太猛，我们的身体在地上都动弹不得了。第三位点点头感叹道，没想到二位仁兄几日不见，功力又有如此大的长进，真是令人惊叹啊。对面两人一面哪里哪里，一面抱拳下山。百姓哗然。

那日寒风凛冽，第二天三人同时感冒。

恰巧论剑的第二天是他们约定开会的日子，我擅自闯入的时候，他们正在山洞里，蹲在角落喝茶泡脚讲笑话，外加擤鼻涕。他们一看到我，鼻涕还来不及甩干净，就被我一剑砍干净了，只剩下三碗未冷的茶。我没有找到我要的东西，便大步离开。

这是我成为天下第一的过程，说实话，我感到很丢脸。战胜一个傻×比成为一个傻×更丢脸，更何况我战胜了三个。

并且站在了他们原来站着的位置上。

3

那年乱世，我孑然一身。佩剑，背葫芦，剑无名，葫芦内有酒。

剑客喜欢给自己的剑起名字，但我觉得不必要，剑和狗不一样，剑在你身边的时候，你不叫它名字也能用，剑不在你身边的时候，你叫它它也不会跑过来。剑名者，贱名也。所以我不给剑起名字，我要让在我面前倒下的人记住我的名字而不是剑的名字。

和每个传说中的大侠一样，我的天职是游手好闲，多管闲事。那一阵子闹洪涝，全国各地降水无数，农作物纷纷淹死，农民纷纷哭死。我曾亲眼看见一个老头不畏艰辛从水里探出脑袋来，手里握着几根咸菜悲痛地说："我的麦子啊。"

　　然后那老头悲痛过度，扑通倒下。只听路边一个老奶奶大叫："我的老头子啊。"

　　这种时候，皇帝是不会帮忙的，大侠是帮不上忙的，百姓们唯一的希望，只能寄托在河神的身上。碰巧各地河神都是老色狼，喜欢清纯的小处女。乱世嘛，小女未必处，处女未必小，还要清纯，条件异常苛刻。于是形成了一些不知算不算犯罪的团伙，专门负责进贡河神一条龙服务，从挑选清纯小处女到为她们斋戒到进行祭祀仪式和最后把处女扔到河里，全权包办。之所以不知算不算犯罪，是因为这种团伙完全免费，而且是民众所需，因此更像是志愿者，并且全国各地都有分支。

　　这个时候，大侠就会来帮忙了，不过，是来帮倒忙的。打死我也不相信，扔个女人到河里去，天就会放晴。放屁。于是我决定捣毁这类志愿者组织。这类组织的活动地点，一般在城外两三里山上的山洞里，因为据说有些仪式不能被别人看见，否则河神会暴怒。我第一次行侠仗义时，惊异地发现组织的人挤在一起吃葱，一问，得知原来斋戒是指组织的人进献贡品前七七四十九天要沐浴斋戒，至于小处女，则要吃香的喝辣的，养得越胖越好，好比送猪要送最肥的一样。我说，不错啊，挺人道主义的。

组织里带头吃葱的说，是啊，今天最后一天了，明天进献好就能吃肉了。我于是把一山洞的人都杀了，救出了小处女，没想象中那么胖。小处女蹦蹦跳跳回家去了。而我继续寻找下一个山洞。

大约又过了五十天，我捣毁了第二个组织，惊异地发现救出来的小处女还是上次那个，她说，她回家回到一半，被抓了，他们斋戒了四十八天，我来了。我心想，这两个组织真倒霉，死前都没能尝一块肉。

我说，我送你回去吧，免得又被抓了。

她说，不用了，这次我换条路走。

于是蹦蹦跳跳地回家去了。

我看着她的背影，发现在山洞的烛火下，她显得异常美丽。乱世里这个精致的背影真是太难得的风景，我想，这样的美丽，若能再见该多好。

不知是可喜还是可悲，我真的再见她了，在我第三次捣毁组织的时候。我觉得她像一个宝箱，在我每次任务完成通关的时候，她一定会在那里等着我，不会让我失望。这样的心情是复杂的，有个美丽的女人会如你所愿地等你，这是多么幸福，可是每次相遇时，她都被十几个吃葱的老色狼团团围住，这实在令人很不是滋味。

这次这个组织显然比较有钱，因为她比上次胖了不少，面色也红润。我感觉事实上她被抓走或许比在家要强，但是一想到吃葱的老色狼，我又打消了这个念头。

我说："这次我一定要带你安全回家。"

她说："不行。"

我说："为什么。"

她说："你一个老男人，陪一个小处女单独回家，想怎样？"

我呆住了。

我说："那你是要一个老男人陪你回家呢，还是要十几个老男人看着你吃葱？"

她说："他们待我挺好的。我是河神的祭品嘛，他们不敢乱动。"

原来这些组织的人都是真心信仰河神的，看来我误解他们了。

我说："那我是不是不该杀他们。"

她看了看地上的尸体，说："这个时候，该。再不杀，我就要被河神吃了。"

我不知该说什么好了，只好看着她。她是那样的清秀，雪山寒玉一样的脸，身子娇小又可爱，叫人不禁怜惜。也难怪被抓的总是她——她太符合要求了。我要是河神，一定认准她不放，送我几百个清纯小处女，只要没她，我照样暴怒。

她看我不说话，便转过身去，边走边说："我回家去了，谢谢你，大哥。"

我走上前去，说："我还是送你回去吧。"

她转过头，横了我一眼，说："不行，你个变态。"

我再次呆住。

她于是蹦蹦跳跳地回家去了。

4

我脑中回想着她的样子，坐在洞口，喝两口酒，风雪里想着想着就睡着了。

睡着睡着就醒了，醒来依然担心她的安危，急忙跑去离这里最近的两座村庄。第一座我里里外外搜了五圈，哪家门前养哪条狗，哪条公狗暗恋哪条母狗我都能明察秋毫，就是没见到她的人影。

而第二座村庄，被洪水淹没了。

凭着大侠的直觉，我感知到，她有危险了。于是我像一只地鼠，拼命往山上找洞，一连又横扫了三个洞，里面的小处女却都不是她，这使我五内俱焚，找起洞来更拼命。在这期间，我不小心干掉了三个天下第一。

如果是写小说，那可以写，这段时间里，我就这样不知疲倦地一座山一座山一座城一座城地寻找她，但是每一次都以失望告终，直到有一天，等等等。我们总是会遇到不同的事，不同的人，却无法知道，每一次遇到，究竟是属于"每一次"，还是那个"直到有一天"。我希望我捣毁每一个组织的时刻，都是那个"直到有一天"，因为我是多么希望能遇见你，美丽的小姑娘。我要找到你。

5

那一天终于来了，我知道那一天一定是小说里要强调的那一天。因为那一天，洪涝结束了，组织们都自行解散了。满街都是还嫌吃得不够爽的小处女，但是我只需要扫一眼就知道，这里面，没有她。

没有了组织，我便没有了方向。我不知道茫茫大地里，哪一寸上面站的是她，茫茫人海里，哪两位当中挤着的是她，令我难忘的小姑娘。或许她已经死了，或许她被别的新兴组织带走了，或许其实她的家乡在我没找过的村庄里。不管怎样，我活要见人死要见死人，如果见不到，我只好喝酒。

在世人口口相传的爱情故事里，喝酒喝得烂醉以后，往往眼前就会浮现出最在乎的那个人，并且会冲着那个幻影大喊她的名字，然后不是骂她就是说爱她，或者两者一起来，表示自己已经疯了。我觉得这很浪漫，那天夜里，我在一座不知名的酒馆内打算连续灌八葫芦白酒，然后睁大双眼，看看她的幻象会否出现，像等待一场戏。

可惜的是，现实没戏。我喝了两葫芦，便已神志不清，小处女什么的都已在九霄云外，我此刻唯一的念头是，把肚子里的东西吐个干净，然后随地倒下，大睡一觉。

醒来以后，我批评自己，怎么那么傻，就算幻影真的出现，我也不知道她的名字，该喊什么？小处女？

所以只能不喊。但是幻影好不容易出现了，你又不喊她，未免太浪费了。当然，即使我知道名字也喊了她，其实也是浪费。一个人再怎么浪漫，其实都是浪费。浪漫要给女人看才够浪。

我继续批评自己，这次醉酒，万一被某些觊觎天下第一名号的人逮住并把我杀了，那我真是亏大了。我虽然必有一死，但实在不愿意为了这种东西莫名其妙而死。我不喜欢这个名号，你要拿随便拿，但是不要连我的命一道拿走。我烂醉如泥的时候，显然无法跟他们解释这些，所以我不该醉。

幸好这一切都没有发生。我提起剑，走出酒馆，迎面而来一个熟悉的身影，我不敢相信自己的眼睛。

6

很多时候，生活是有转折的。这个世界上你认为会对你产生转折的人，迟早会产生转折，无论是否产生在你期待的那一刻。更多的，是在你即将否定这个看法的时候，转折到来。

幸好一切都发生了。

眼前这个人，比之前瘦了，这说明洪涝的确是过去了，而且过得很彻底。

我和她对视了三秒，说，你是……小处，不，小姑娘？

她愣了一下，讽刺地说，不，我是男的。

我说，你是不是之前好几次被当作贡品要给河神？

她看着我，想了一想，说，啊，我想起来了，你就是那个坚持要陪我回家的变态大哥。

我们挑了个位子坐下。我对小二说，小二，来两碗白……茶。

7

原来在我第三次捣毁组织以后，她便回家了，刚到家门口，发现村庄被洪水淹了，于是迅速逃出来，到了现在这个地方，就住这家酒馆。她一个人无亲无故，老板娘收留了她，平日就在店里做些打杂的工作。

故乡刚刚被洪水淹没，她却丝毫没有悲伤的感觉。说这些话的时候，好像在说我刚买了两棵青菜那么稀松平常。

她对老板娘笑笑说，老板娘，我刚买了两棵青菜，这是零钱。

老板娘欣然笑纳。

我说，你家被洪水淹了，不难过吗？

小姑娘说，难过，家里的床是新买的，还没睡爽呢，就没了。

我说，你爹娘呢？

她说，我一个人住，没有爹娘的。你叫什么名字，大哥。

我看了看周围，闲人太多，于是蘸了点水，在桌上写了一个"酒"字。

她看了看，抬头说，酒剑仙？你？

我说，嘘，小声点，低调。

她立马站了起来，一拍桌子大叫，你就是天下第一那个酒剑仙？！

空气一下子安静了，周围的人都看着我。然后又纷纷转回头去，摇头叹息，都表示我这张脸怎么可能是天下第一。我不在意那些，我只在意小姑娘的说法，可是小姑娘站在那里，什么都没说，估计是觉得我这张脸倒或许是天下第一。至于是天下第一的丑还是天下第一的美，那取决于她的品味和时代的潮流。

她坐了下来。

我说，你不相信？

她说，我信。

我说，那你为什么不说话？你叫什么名字？

她说，茶花女。

我哑口无言。

她说，你不相信？

我说，我信。

她说，那你为什么不说话？

8

这时酒馆来了一个壮汉，身边跟着两个小弟，一个尖嘴，一个猴腮。那壮汉身高有四个茶花女那么高，体重估计四十个都不止，胡子大把，看着就想扯。壮汉进门大喊，老板娘，来他妈五碗牛肉三碗酒。两个小弟坐下，尖嘴说，大哥，我不喝酒的。大哥一巴掌过去，说，谁说酒是给你喝的，尖嘴嘴巴都歪了。

我说，茶儿，这是谁。

她看了看我，说，你叫我？

我说，是。这个名字比较靠谱。这些人是谁。

她说，那个大胡子是这里的恶霸，在村里到处惹是生非，我们这里，他一个月来一次，每次来的时候，我们都特别难熬。

我说，没人处理他吗？

她说，他爹是县衙的官员，谁敢处理。

说话间，只听恶霸道，哟，哪儿来的小姑娘，姿色不错嘛。说着向茶儿走来，满脸色意。

其实我一直对街头流氓无甚仇恨，我曾经的梦想就是做一个富家子弟，提鸟笼，带小弟，油光满面，游手好闲，随意调戏良家妇女。后来发现第一步就和现实脱节，后面的一切都扯淡，于是我只好做一个大侠。但心里对这个梦想依然念念不忘。现在我看到了活生生的偶像，照理应当高兴，但是很不巧，他可以随意调戏良家妇女，但不能调戏我家妇女。他要是调戏老板娘我一定喝茶看戏。

恶霸走近。我这才发现，他的身高不是四个茶儿，而是三个。我顿时信心大增，噌地站起来，说，你注意点。

恶霸还没反应过来，尖嘴猴腮就猴急了，两人冲上来，说，你干吗小子，不想活啦？

恶霸伸手一拦，说，唉，淡定。

然后对我说，小子，这个，是你的女人？

我说，茶儿，你让让。

她嗖地一下逃到老板娘身边。

恶霸说，这样，我们都是文化人，解决问题不暴力，不野蛮，不讲道理，不，讲道理。我们干一架，谁赢了谁拿那姑娘，怎样？

我说，可以。

茶儿大叫，你个变态居然同意了。

恶霸说，这里地方小，我们出去干，如何？

我说，可以。

哈哈哈哈哈哈，恶霸大笑。

9

出去一看，他妈的十几个人围过来，大冬天的都不穿衣服，浑身各处都可以掰出声音来。恶霸说，这些都是我的分身，所以你还是和我一个人在打，别怕。

我说，来吧。

10

这场战斗的过程我忘了，因为实在是太平淡了，那几个可以掰出声音的人只会掰自己，真干起来连我的葫芦都抓不到，干他们就像扫地一样简单枯燥。战斗的结果是，除了恶霸，其他人都死了。不是我故意要饶恶霸，是当我把其他人扫干净了以后，回头一看居然找不到恶霸了。

我进酒馆一看，茶儿还在，心下安定，原来我扫地的时间都来不及让恶霸抢个姑娘。

酒馆里的人见我胜利归来，便蜂拥而上，拜我的有，跪我的有，挠我的有，抱我的有，亲我的有，扯我衣服的有，拍我脸的有，乱摸我的也有，就差没有强奸我了。茶儿远远在一旁看着，站在老板娘身边，是那种又惊又喜又想忍住惊喜的表情。我只是在想，要是她能混进来，她会怎样我？

于是，整个村庄都知道，天下第一酒剑仙来了。

11

老板娘说，你得罪了恶霸，要是他爹找到我们这里来报复怎么办。

我说，我就住在这里吧，一切都我来。

她说，你行不行。

我说，我天下第一。

她想了想，说，好吧。不过没有空的房间了。

我看了看茶儿，茶儿一扭头，我说，那我就睡门口。

老板娘给我一把扫帚，说，去，把门口那些死人扫掉。

12

我扫了一个时辰，终于发现，扫死人比打死人要困难得多，最后决定把他们搬到一个遥远的地方，然后再回来把白雪扫扫拢，盖住血迹。这个过程异常无聊，我之所以能坚持下来，是因为这期间茶儿一直在陪我说话。

她说，你别叫我茶儿，感觉怪怪的。

我说，你要我叫你茶儿丝也可以，但是名字嘛，知道是谁就可以了。叫叫就习惯了。

她说，那我叫你什么？

我说，随便你。

她说，酒儿？

我说，也行。

她说，酒儿。

我说，干吗？

她说，没事，叫叫。

然后笑笑。

你葫芦里卖的什么药？她问。

我说，酒。

她说，你要把他们拖到哪里？

我说，墓地里啊，难不成放到药店去？

她说，墓地有鬼啊，你不怕？

我说，我不怕，我就是，呜呜呜，鬼来喽。

她捶了我一下。

我问她说，你之前一个人住，那你怎么赚钱？

她说，也是洗洗碗什么的，还有织衣服！我织得可好呢。

我说，是吗？那下次给我织一件。

她说，我才懒得给你织。

我笑笑。这时她开始咳嗽，一阵一阵。我说，你看，谁让你不给我织的。

她不再说话了，只是不停地咳嗽，渐渐开始咳出血来。

我觉得事情不妙，说，你怎么了。

她勉强说，我，心脏不好，不过，不要紧，习惯了，咳。

然后又是一口血。

我丢下扫帚和死人，背着她去了医馆。她一面说不用去医馆，一面还在使劲地咳。

13

医馆的郎中身形枯槁，我摸他一下都怕他散架。我说，她，咳血咳得厉害。

郎中凑近看了看，他满脸皱纹挤在一块，我都找不到他的眼睛。

过了半晌，郎中清了清嗓子，说，肠胃有问题。

我看到茶儿病危的眼睛里放出了凶光。我说，茶儿，忍忍。

郎中说，大便怎样？

茶儿说，没问题。

郎中说，什么颜色？

茶儿咳了一口大血，忍了忍，说，黄色。

郎中说，深的还浅的？

我按剑而起，说他妈的反正不是绿色的，她哪知道怎样算深怎样算浅，你这老王八再不正经小心我做了你。

这时内房里走出一位大叔，一看郎中，赶紧抓住他的手往回走，一面叫，你怎么又跑出来了！

过了一会儿，大叔走出来，说，不好意思，这是我们这儿的精神病人，总喜欢扮郎中，给您添麻烦了吧。

我收起了剑，说，我没事。她有事。你快帮她看看。

大叔点了几个穴，暂缓了咳嗽，又配了几服药，算是治疗结束了。我问他，点穴功夫能不能教我，以后万一她又发作，我就可以采取措施了。

他说，我教你了我还开什么医馆？

我想想也是，便问他多少钱。

他张开手指，说，五十两银子。

茶儿吐了一口血。

我随手捞出一百两，放在桌上，说，不用找了。

茶儿又吐了一口血。

大叔一见我出手不凡，说，大侠你这么爽快，我帮她再点一次穴道，你看仔细了。

茶儿大喊不要了不要了，便拉着我向外奔。

14

出了医馆，天色已暗。路上行人渐稀，只有月光打下来照着我们的前路。

我问她，为什么不要知道穴道。

她说，我才不要你对我动手动脚。

我吓了一跳，马上松开了她的手。

她说，你干吗？

我说，你不是不要我动手动脚嘛。

她说，你要拉着我的，晚上我看不见路的。除了这个，不许再动手动脚。

我说，那我背过你了怎么办，该不该把手砍了？

她说，不用，再背我回去就成，你像个牛似的，坐你身上可舒服了。

说着跳上来，说，除了这两个，不许再动手动脚。

喂，我重不重啊？她一上牛就问。

我说，不重。

她说，轻不轻啊？

我说，轻。

她说，怎样算重啊？

我说，我说重就重，我说轻就轻。

她似乎不喜欢这个回答。但我说的是实话，她这么小，背她和背葫芦没什么区别，这说到底还是个娃，而且是葫芦娃。尽管我这么喜欢她，但是我觉得这喜欢里，有一半是父亲对女儿的喜欢，有四分之一是哥哥对妹妹的喜欢，有八分之一是叔叔对侄女的喜欢，还剩下八分之一大概才是男人对女人的喜欢。这没有办法，她还是个孩子。

但无论是哪一种喜欢，都是他妈的登峰造极的喜欢。

15

她又问我，对了，你哪儿来的这么多钱啊？一百两银子，我都吓晕了。

我说，洪涝的时候，从那帮老色狼那儿拿的。

她说，啊？就是给我吃好吃的那帮子人啊？

我说，对啊。我把他们都灭了，这点钱不拿白不拿。

她说，那你这是不义之财啊。

我说，这在他们那儿是不义之财，我从他们那儿抢来就是正义了。我要是现在把你卖了，那才叫不义之财。我要是把你卖了，你怕不怕?

她说，你不会把我卖了的。

我说，为什么。

她说，你舍不得的。

我呆了，再一次不知该说什么。

她见我没反应，问，你舍得吗?

这是多么浪漫的场景，月光，古道，男人，女人，低声细语，酒馆匾额，微风吹拂，我想我以后结婚的那一天若是这样宁静倒也不错。前提是要删掉眼前的两样极度破坏气氛的东西：酒馆门前还没打扫掉的死人，还有路边激情野合的野猫。

我把她放下，说，酒馆到了，你先睡吧，我把这些东西处理掉。

她说，你还没回答我的问题呢。

其实我当然不舍得，但是我觉得眼前这些死人和猫实在不应该出现在表白的场景里，所以我决定不告诉她。

我说，看着这么几个东西，实在是无心回答了。

早点睡吧，安。

16

其实有些问题，即使我不回答，她也清楚答案。我感到甜蜜的时候，她也一定正在甜蜜，这种对称，人称默契。

17

这天晚上我靠着门板，望着楼上紧闭的茶儿的房门，思绪良多。越是思绪良多的时候，越是理不清楚。我唯一可以知道的是，那八分之一叔叔对侄女的喜欢已经被另外一个八分之一吞并了，并且大有继续吞并的趋势。

茶儿临睡前对我说了晚安，这意味着今晚不可能再和她对话了，这使我失望。我想，要是她不说晚安，留个悬念，就算最后还是没和我说话，那也好，可是再转念一想，也不好，那更失望。我最后得出的结论是，只要茶儿不和我说话，我就会失望。

于是我喝了两口酒，在门口呼呼睡去。

18

第二天我被客官们的闲聊声吵醒。我问老板娘要了二十个肉包子，一边吃包子一边喝酒一边听他们闲聊，这是很惬意的事。从一群无所事事人的流言蜚语中，你往往能够听到最真实最有趣的事，这些事会让你觉得生活是那么的丰富多彩，世界是那么的富有想象力。比如说，恶霸的父亲不会过来报仇了，原因是，他爹的确是在县衙工作，可惜是在县衙里倒马桶的。他最多只能拎着马桶一路走到酒馆来然后向我大泼其身，但这是不可能的，因为从县衙到这里骑马要两个时辰，路途颠簸，等他到了这里，马桶里的东西不是在马腿上就是在他腿上。这种事再蠢的人也知道是亏的。与其如此还不如提个空的过来当场办事，然后泼我。

生活之所以丰富多彩，是因为恶霸他爹居然真的提个有内容的马桶骑马过来了。到达酒馆时马桶已经空了一半，他的靴子黄得像是刚从沙漠飞奔而来，并且还经历了一场大雨。他气喘吁吁地捏着鼻子叫道，他妈的哪个是酒剑仙，给我他妈的过来。

这时马路上一个穿官服的骑马路过，对他说，吼啥呢，今天县衙开大会，不许迟到的。恶霸他爹恍如隔世，道，哎呀，我差点都忘了。于是赶紧掉头，临走前丢了句，他妈的酒剑仙，有种上县衙——的茅厕。说完快马加鞭，不料迎面撞上正要过来看好戏的恶霸，虽没有人仰马翻，但不幸的是，马桶翻了，现场一片千古奇味，叫人欲罢不能。

更不幸的是，我才吃了两个包子。

19

不知是官员们的屁股太强大还是官衙的马桶太伟大，清洁工把那堆东西清理掉之后半个时辰，气味依然没有消失，或者说，在我鼻孔里和心里留下了深深的记忆。这时茶儿刚起床，下楼一看我桌上堆着十八个肉包子，调皮地说，吃那么多，胖死你。

我说，不不不，吃不下了。你吃吧。

这时我突然觉得，其实恶霸他爹的复仇是成功的。

她说，吃不下你还要这么多。我才不吃，会变胖的。

我说，你怎么吃都不会胖的，相信我。

她说，你又知道嘞，你是我身上的肉啊？

我说，是。

她说，那我把你割掉。

我很不幸地想歪了，便马上换了话题。

20

这是一座和平而单纯的村庄，人们和平，人单纯。一般这样的村庄最容易受到一些坏人的侵害，好比清纯的小姑娘最容易被色狼盯上一样。恶霸是这些坏人里唯一一个内部出产的，但是经过我的调教，他已变得异常温顺，恨不得能给我当马骑。剩下还有一些坏人，类似山上的山贼，水里的海盗，天上的刺客，路边的乞丐，他们还在时不时对村子造成威胁，急需一个大侠来一一清除。酒馆里的人这么对我说，意思很明确，我天下第一应该责无旁贷。

我说，你说的这些，都没问题。问题是，为什么没有县衙的官人？

他们说，他们不坏，待我们很好。稀奇吧。

我说，稀奇，真稀奇。

不过一想到恶霸他爹，一切都能解释通了。

21

接下去的几天，我就奉百姓的命，为民除害去了。茶儿执意要和我一起去，她说要亲眼看看大侠是怎样为民除害的，我严词拒绝，一来是因为她已经目击恶霸一战了，二来她心脏不好，我怕她出什么意外。

其实也不是怕她出什么意外，是怕她看到什么意外以后出什么意外。比方说，那几天里，我把山贼扔到了水里，把海盗关在了山洞里，把刺客绑在了树上，这些事情要是茶儿见到了，一定大喊一声变态，然后口吐鲜血，生死未卜。

不出所料，我回酒馆的时候，把这些事的删减版告诉给了她听，她马上就骂我变态。然后问我，那乞丐呢？

我说，我给了他一百两银子，放他走了。

她说，这倒还好嘛，你还蛮善良的。

我说，那可不是。对了，那个乞丐，你真应该去见见他。我长这么大，从没见过这么有故事性的脸庞。他的脸就好像耕地一样，拉过犁，淋过雨的那种，眼睛大概是被谁辛辛苦苦挖掘出来的，挖出来的土就堆在脸当中，慢慢变成了鼻子……

茶儿的眼睛闪闪发光，我知道，第二天我就算砍了她的脚她也跟定我了——当然，我是舍不得砍的。

22

第二天我们发现，乞丐早已远走高飞，连个碗都找不到了。茶儿为这件事难过了很久，最后在我自编的两百个鬼脸下，她终于破涕为笑，而我脸部抽筋。

对于女人来说，破涕为笑是一回事，释怀又是一回事。后来的谈话里，她还时不时地提到那个耕地脸，强迫我觉得愧疚，所以带她去做了一次任务，仅此一次。

任务的内容是，老王家的猪不小心养过头了，又肥又壮，一个人杀不动，要我去帮忙。

我带着茶儿一蹦一跳地过去了。

老王对我说，这样，你，抓住猪的两个前脚，小姑娘你抓后脚，抓牢了，我拿菜刀从中间砍下去。

我说，凭借我十几年大侠的经验，我觉得砍脖子更容易些。

他说，我也觉得，不过我怕收不住刀，连你的手也一并砍了。

我感到背后一阵发凉，说，老王你真善良，你还是给它腰斩吧。茶儿，抓牢点。

茶儿双手各抄一个猪腿，说，嗯!

老王把菜刀举到云里，说，我说一二三，你们做好准备啊。

我和茶儿说，好。

一，

二。

啊。茶儿大叫，它踢我！

我吓了一跳，忙问，踢哪儿了？

她说，没踢着，它腿太短了。我还是抓尾巴吧。

我说，嗯，这是个好主意。

老王说，好，那重来，你们准备好啊。

我和茶儿说，好。

一，

二。

啊。茶儿又大叫。

又怎么了？老王问。

它放屁！

我说，坚持一下！茶儿！坚持！

她艰难地说，嗯。

老王说，这下没事了吧，那我真来了，你们抓好咯。

我说，好。茶儿抿紧了嘴巴，怕吞进了猪的屁。

一，

二。

三！

手起刀落，猪惨叫一声，茶儿跟着也叫一声。

我意识到这种血腥场面不能给茶儿看，忙说，茶儿，闭眼！闭眼！

茶儿不仅闭眼，还回头。

这的确是一头彪悍的猪，因为一刀下去才砍了三分之一。老王一刀未落一刀又起，只见他另一只手抬起来，手中明晃晃又是一把大菜刀，啪地一下又砍了下去，双刀轮流暴砍，啪啪啪看得我目瞪口呆。茶儿在一旁吓得啊啊直叫，仿佛砍的是她。我在一旁不停地叫，不要睁眼啊，不要睁眼啊茶儿。马上就好了！

噼里啪啦了几下，猪终于废了。我从心底觉得这是我有生以来见过的最激烈的战斗，而这头猪，是我有生以来见过的最可怜的生物。我和老王把现场收拾得连猪毛都不剩一根，我才敢叫茶儿睁开眼。说实话，当我最后看着那个猪头的时候，我心里也不是滋味，它悲伤的双眼好像在说：他妈的你们这帮畜生。

对不起，一切都是老王干的，猪兄。

事后我喝了一碗老王烧的猪脚汤，茶儿却连看都不看一眼。临走时老王还把猪尾巴扯下来想送给茶儿留作纪念，被茶儿哭着骂了回去。看着她哭的样子，我笑了。

她对这件事的解释是，我之所以不看这样的血腥场面是因为我觉得这还不够血腥。经验告诉我，当一个女人在男人面前逞强的时候，说明她已经喜欢上他了。

23

我为这个村庄扫除了坏人之后，接着为百姓做的事就类似于老王这样，都是些鸡毛蒜皮锅碗瓢盆的事，虽然这听上去不像一个天下第一的大侠干的事，不过说实话，我还真觉得杀猪比杀人有难度得多。

所以那段时间我的生活可以总结为，在酒吧听别人闲聊，然后接受村民的任务，然后完成任务，然后再接受，再完成，直到酒馆关门。其中休息时间我和茶儿聊天，关门以后我和茶儿聊天，睡觉以前我和茶儿聊天——睡前最后一句话是我对她说的晚安。早上醒来我和茶儿聊天——早上起来第一句话是她对我说的早安。

我觉得这样的生活无比幸福。

24

只是有一点，我心中那几分之几的喜欢已经渐渐分辨不清了。我越发地想知道她是我的谁，而我又是她的谁。有这样的想法是因为我发现我最近几天居然在吃一个小男孩的醋。他的名字叫曹狗子，是附近的一个孩子王，经常和茶儿混在一起，使我极为不爽。有一次他们晚上一起相约出去看戏，回来茶儿说那戏没想象中好看，我说他妈的不好看你还和他去看，茶儿一下子就哭了，关在房间里几个时辰不出来。

我也感到很难过，因为她把我锁在了酒馆外面，而她至少躺在被窝里。外面寒风凛冽，此时我脑中浮现的居然是那三个前任天下第一。

关了几个时辰，她把我放了进来，我已然开始打喷嚏，并且决定要对曹狗子采取一些行动。

没想到有人比我先一步采取了行动，那人不是茶儿，而是曹狗子他爹。曹狗子虽然年纪轻轻，和茶儿一般大，但是文采斐然，直令他爹感慨自己是曹植后代，于是心心念念要送儿子去学堂读书，偏偏曹狗子恃才傲物，觉得学堂里那些东西没意思，于是常常翘课，正是在翘课期间和茶儿勾搭上了。后来我又发现茶儿抽屉里收藏有曹狗子写的情诗，不禁醋意横生，怒从中来，撕纸摔门，出去直要把曹狗子捏得万劫不复，幸好一出酒馆发现他爹正追着曹狗子打屁股，曹狗子嗷嗷直叫宛如那天的猪，我这才消了气，回去向茶儿赔罪刚才太生气了。

可是她已经不理我了。

25

我陪她说了四天话，合计两万多句陈述句，一万多句祈使句，三千句疑问句，一千句誓言，五百个脏话，还有四十几个拟声词。而这四天里她对我说的唯一一句话是，你烦不烦。

26

既然我烦，那很简单，我走。

27

那天晚上我来到了这个村庄唯一的青楼对面。这里的人果然单纯，楼上房间办事都不拉窗帘，我在楼下向上一望就看到春光无限。我于是坐在对面台阶上，刚想喝酒，发现葫芦忘在酒馆。对面门口小姐把年糕一样的大腿露出来，而衣服宛如被虫咬了的青菜，要么鲜艳得发光，要么就是空的。

一个青菜对我扬了扬手，妩媚地说，客官您来嘛。

我对她摆了摆手，说，我看看就可以了，看看。然后把头一抬，一排窗口激情四射。

为什么我会来这种地方，我不知道。为什么我来了这种地方又不进去，我也不知道。我满脑子都是茶儿，当然，都是穿衣服的。

我在想，茶儿到底有多好。我说不出，我觉得她百般好，尤其和我好。那就好上加好。可是为什么变成现在这样，我也说不出。说不出的原因很简单，因为她还是那么好，好上加好，只不过目前分开，这不影响她是她，我是我。反正我离不开她。

至于曹狗子，还有茶儿的一些别的男同学。哈哈。我仰望星空。

遇见她以后，我开始害怕自己哪天不小心挂了，就再也见不到她了。我这么对她说过，她的回答是三个字：呸呸呸。

我想到第一次因为看戏事件而凶她的时候，费了好大周折还赔上了几百个喷嚏才把她安慰过来。那天晚上我们一起躺在酒馆的屋顶上，聊天聊地聊理想，聊山聊树聊动物，无所不聊，但绝不无聊。

她说，你以后不许凶我，要听我解释，不许不理我。

我说，不理我的是你。

她说，我可以不理你，但你不能不理我。

我说，那我再吃醋怎么办。

她说，你多吃吃，我有成就感。

我说，好。

现在这个时候，茶儿应该睡了吧。我想。那我也睡吧。

明天一早去道歉，总有一天她会原谅我的。

于是我当街躺下，不知情的人还以为我精尽人亡被对面扔出来了。

28

迷迷糊糊醒来，发现天色明亮。平时这个亮度茶儿一定还没起来，但今天不知为什么，我第一反应居然是，完了，晚了，来不及了。于是马上奔到酒馆，店门大开，但底楼一个人都没有，楼上挤着不少人，有人抽泣有人抽。

我跑到楼上，发现人群都堵在茶儿的房门口。我忙问，怎么了。

但是那帮抽泣和抽的人没一个说得出人话，我挤开他们，一进房间，发现郎中大叔居然在给床上的茶儿把脉，茶儿的床头一摊血迹。身边是店里的一些伙计和老板娘，掩面而泣。

我心想，不要啊。

29

最悲痛的是，最不要的事还是发生了。

郎中大叔长叹一声，对我说，今天凌晨一早，咳血过多，心脏……

我抓起郎中大声喊你点穴啊点穴啊你不是很会点穴的吗，咳血多你点穴止住血啊，你怎么……

旁边的人扯开我，说，你冷静一点。

郎中说，不行，点穴太多毒素积聚在心里对她更不好。她现在还没断气，你和她说说最后几句话吧。

我再抓起郎中大喊没断气你就再救啊，你救啊，你救啊你接着救啊，你别停啊。你的药她都按时吃了为什么还是这样你他妈的废人啊傻×啊拜托你快救救她啊……

旁边的人再次扯开我，说，你冷静一点。

郎中整了整领子，说，病入膏肓，不行了。

话音刚落，周围的人就抓住了我，郎中趁势逃走。

30

我看着床上的茶儿，心都快裂了。

31

茶儿的脸一片苍白，雪山寒玉一般。她的眼睛尚未合上，看着我，好像要说什么。

但是什么都说不出。

我拿起她的手，这是我第一次牵她的手。我对她说，没事的，没事的茶儿，你看，酒儿在这里，酒儿天下第一，你想想我们开心的事，一切都会过去了。

然后转头对老板娘说，老板娘，你再去换个郎中叫来。

老板娘拍了拍我的肩膀，摇了摇头，说，刚才这个郎中是出了名的神医，你节哀吧。

我又转头看着茶儿，说，你看，神医给你看过了，他刚才其实已经暗中下了解药，你不出一个时辰必能生龙活虎，到时候我再带你一起出去做任务，一起看那个耕地脸——我昨天找到他了，就在老王家旁边跪着。老王你还记得吧，就是杀猪的那个。我还认识一个老郭，要我杀驴，过两天我再带你一起去杀。对了对了，老郭家对面的糖铺子新出了一种口味的糖，我们明天，不，今天，待会儿你好了我就带你去，我请你吃，怎么样？糖铺子老板说那糖吃五百斤你都胖不了一斤。对了，我们还要一起唱歌，一边唱歌一边聊天，你答应过的，对了对了对了，还有曹狗子的政治老师肖老爷，你一直想和我去听他讲学的，明天我们一起去偷听……

可惜无论我说几个对了，茶儿都一点反应也没有，她只是看着我，眼角好像有泪。我正要帮她揾去泪水，门口不知哪个挨千刀的说了一句他这一辈子最不该说的话。他说，唉，这哥们昨晚上好像在青楼看到过。

所谓一言九鼎就是指，我说一百句话茶儿都没反应，但那厮只那么一句话茶儿就有了两个反应。第一个反应是大吐一口鲜血，第二个反应是把手从我手中抽走。而这句话也当场变成了那厮的遗言。

再看茶儿，她已有了第三个反应，她把头别过去，再也不看我了。无论我怎么解释，做多少个鬼脸，装多少次鬼叫，再无回应。我觉得世界在这一刻彻底崩溃，最直观的感受是，胸闷难忍，恨不得一刀把胸膛剖开，否则真的透不过气。我捶胸顿足抓耳挠腮拍墙扇脸一样样自虐的方式都来一遍，也丝毫不能减少此刻的难受。我只希望茶儿能够和我说一句话，只要说话，别无他求。

不要沉默，不要沉默，不要沉默。

32

茶儿没有沉默，她留给这个世界的最后两个字是：咳，咳。

33

我在她身旁守了一整天，我告诉自己，神医一定下解药了，一天以后，茶儿就会醒。我看着茶儿的脸，嘴角都还有血丝。我自己都不知道我该怎样面对这一切，我觉得哪个心理变态要是现在要杀人我绝对第一个把脑袋凑上去。

悲伤的故事不是在于故事有个悲伤的结尾，而是故事刚刚开了一个美好的头就被拦腰斩断。我和她相知不过几十天，都不如斋戒那几个老色狼长，但是她与我都深知这些日子多么幸福安康。面对这半截美好，我坐在茶儿床头，居然欲哭无泪。

老板娘走了进来，跟我说，这是她昨天晚上在房间里写的东西，一边哭一边写的。

我打开一看，一时间浑身所有体液都从眼睛里流了下来，后面三天三夜没有撒过尿。

上面只有四个字：

你舍得吗？

34

生活就是这样，你永远都舍不得的东西，却往往不得不永远舍弃。

好残忍，不是吗？

35

有些事情值得后悔一生。我提着葫芦在街上漫无目的地乱走，喝酒如呼吸，直到眼前出现幻象，那是茶儿，蹦蹦跳跳的，像一只小兔子。我说，茶儿！满心期待她会一本正经地说，到！可惜，她蹦蹦跳跳地跳远了。

这次醉得比上次更猛，因为除了幻象，我还有了幻听，仿佛还能听见茶儿说：酒儿。

我说，干吗？

她说，没事，叫叫。

然后笑笑。

夜深人静，没有了她，空气也阴郁了几分。我右手不自觉地握着什么，因为我知道有人在夜里走路需要人牵着，不，背着。但是定睛一看，他妈的抓了一条马尾巴，一脚把我踢倒在地，我再一次当街睡去，把酒浇在脸上。

这时我脑子里唯一的念头不再是把肚子里的东西一

酒

吐而尽然后大睡一场。我唯一想的是，能不能再回到那天，我在你发病之前把郎中叫来，或者再前一天，我不会选择去青楼，或者再再前一天，我一定不会凶你。总之，让一切重来，让你回来。只要你回来，你就会知道那厮说的不是事实，只要你回来，我会告诉你所有，只要你回来，一切就都会好，只要你回来，只要你回来……

然后我把肚子里的东西一吐而尽然后大睡一场。

36

也许喜欢怀念你，多于看见你。

也许喜欢想象你，多于得到你。

37

后来，终于在眼泪中明白，有些人，一旦错过就不再。

既然不再，那就再见。醉了几个夜场以后，我重新背起了葫芦，拿起了剑，准备和这片充满回忆的地方挥手告别。

老板娘问我要去哪里。

我说，不在于要去哪里，只在于离开这里。

作别那天，几乎全村的人都来到村口，老王，老郭，肖老爷，糖铺子老板，郎中大叔，精神病人，曹狗子一家，恶霸一家，突然现身的乞丐，还有，老板娘。令我吃惊的是，那晚那两只野合的猫也出现在了现场，而它们已经有了小猫崽。一家三口，其乐融融。

我想知道，茶儿，你要是看到这些，会回来吗？

或许不会，因为你那边有恶霸那帮小弟陪着，还有那个挨千刀的。还有那几十个老色狼，有他们陪你，你一定白白胖胖。

其实我不想忘了这一切，我想做的，只是告别。所以我对那些熟悉的村里人挥手作别的时候，我拼命地记住他们每一张或美或丑的脸，来日或许我们不会再见，但是死前我一定会想起你们。死前我不会想起茶儿，因为那会让我死得痛苦。但是除了死前那一刻，她将一直在我心里。

我不会再叫谁茶儿，也没有谁会再叫我酒儿，不管你身处何方，不管我心有多伤，我的漂泊都仍将继续。这条路上，我的剑依然无名，我的葫芦内依然有酒。